AF205162

Über dieses Buch

Dies ist eine Kurzgeschichte in fünf Etappen: - - - Reise nach Neapel, Ischia Porto, Lacco Ameno, Forio, Baia die Sorgeto, St. Angelo. Ein sehr ungleiches Musiker Paar reist nach Neapel/ Ischia. Er steht kurz vor der Pensionierung und ist 30 Jahre älter als sie, die er als Begleiterin mitnimmt. Auf ihrem Weg passiert ihnen allerlei Unvorhergesehenes. In St. Angelo haben sie ihren Auftritt und bleiben sechs Wochen. Die Orte werden nur knapp beschrieben und es ist kein Reiseführer, es nimmt eher Bezug auf ihre Erlebnisse. Für Unterhaltung wird reichlich gesorgt. Die Insel, wo sie ihre Ferien verbringen wird für sie zum unvergesslichen Traum.

Die Autorin

Erica-Laurence Schneeberg wurde am 23.Nov.1944 in Zürich geboren. Nach der Schule lernte sie zuerst Fotolaborantin in einem Betrieb für Kinoreklame. Danach absolvierte sie 5 Jahre die Kunstgewerbeschule und schloss mit dem eidg. Diplom für Grafik. Während sie einige Jahre in Werbeagenturen arbeitete besuchte sie in Abendschulen das Konservatorium in Zürich und erwarb den Ausweis für Gitarrenlehrerin. In diesem Beruf arbeitete sie bis zur Pensionierung an Jugendmusikschulen. Sie hatte einige Auftritte als Gitarristin, spielte inzwischen auch Keyboard und Ukulele, begann aber auch wieder zu zeichnen, malen und zu schreiben, Musiknoten und Prosa. Vieles aus dieser Zeit ist jetzt zur Veröffentlichung gekommen.

Erica-Laurence Schneeberg

Der Musiker und seine Begleitung

Ein unterhaltsamer, spannender Reisebericht in fünf
Etappen mit viel Musik

Bibliografische Information der Deutschen Nationalbibliothek: Die Deutsche Nationalbibliothek verzeichnet diese
Publikation in der Deutschen Nationalbibliografie, detail-
lierte bibliografische Daten sind im Internet über
http://dnb.dnb.de abrufbar.

@ 2018 Herstellung und Verlag:
BoD - Books on Demand, Norderstedt

ISBN:

9-78-3-7481-8144-6

Inhalthalts-Verzeichnis

Vorwort

Manche Touristen freuen sich an ihrem Ferienort immer wieder über eine gute oder spezielle Unterhaltung. Dafür hat jeweils das Hotel zu sorgen. Was aber alles dahintersteckt, das wissen die Götter, und der Gast hat keine Ahnung davon. In diesem Buch erfährt man, was ein Hotelier in Ischia Porto / St. Angelo sich alles ausdachte und was er alles zu bieten hatte im Jahr 1972.

Aber man erfährt vor allem, was seine Musiker dabei erlebten, und das war nicht wenig, dies während ihrer Anreise, sowie schlussendlich bei ihrem Aufenthalt am Auftrittsort. Hier wird kein Profi-Ensemble, sondern ein Amateur-Musikerpaar vorgestellt, das aber ständig voll im Einsatz steht. Der Ort, wo es stattfindet könnte nicht schöner sein, und dies kam dem Musikerpaar sicher sehr zugute. Zuhause in Zürich hätten sie nicht die Stimmung aufgebracht, wie sie es in St. Angelo beinahe geschenkt bekamen.

Es werden immer wieder anschauliche Bilder in Form von Zeichnungen eingeblendet, damit sich der Interessierte auch eine Vorstellung von den Ortschaften verschaffen kann, Ein spannender, interessanter und humoristischer Reisebericht erwartet den geschätzten Leser.

Eine spannende Erzählung

mit vielen Titeln und einigen Texten zu folkloristi-
schen Tessiner-Liedern und berühmten

italienischen Songs.

Zusammen sind wir viel gereist und
Hatten ferne Ziele, viele.
Durch Europa ging es und auch übers Meer,
die Hotels haben wir besucht,
welches war das Schönste?
Das weiss ich jetzt nicht mehr.
Am schönsten war es auf Ischia,
in St. Angelo und Casamicciola.
Oh Ischia, du Traum meines Lebens,
du Gitarren- und Orangengarten,
ihr Felsen und Grotten, glitzerndes Meer
durch alte Städtchen nur Esel trabten,
doch nachts war die Luft voller Musik,
und ohne dich gibt es kein Zurück.

Reise nach Neapel -1te Etappe

Im Zug nach Mailand

Mit Mandoline und Gitarre reisten sie nach Neapel. Alisa und Harald lagen in einem 2er Coupé des Nachtzugs nach Mailand-Neapel. «2 Karten Einfach genügen, man weiss nie», sagte er zu ihr. «Vielleicht fliegen wir zurück, oder es nimmt uns jemand mit. Das muss ich erst mal ausprobieren, Retourkarten sind immer sehr begehrt dort unten in Neapel». «Wie meinst du das?» fragte sie neugierig. Mit Augenzwinkern sagte er zu ihr: «Man wird unterwegs gern mal ausgeraubt und wenn sie eine Fahrkarte «Retour» erwischen, haben sie eine Fahrt gratis in die Schweiz». Der Clou dieser Reise war für Alisa, dass er ihr das Reiseziel vorenthielt. Es sollte eine Überraschung werden. Sie hatte lediglich ihre Gitarre mitzunehmen, das war alles.

Es war im Jahr 1972. Er hatte sie vor ein paar Wochen in Zürich entdeckt, als sie im Schwimmbad auf der Wiese eine Pizza ass und eine Gitarre neben sich im Gras liegen hatte. «Die ist richtig nach meinem Geschmack», dachte er. Ohne lang zu überlegen ging er auf sie zu und setzte sich neben sie ins Gras: «Sie mögen wohl Pizza»? Sie bejahte noch im Kauen. «Wollen sie heute mit mir kommen, ich lade sie ein ins Steakhouse, das wäre doch eine Abwechslung». Sie nahm die Einladung an und bereute es nicht. Auf den nächsten Tag lud er sie ein zu sich in seine grosse Wohnung in der Altstadt von Zürich. Sie staunte sehr über all die Instrumente die im Wohnraum aufgestellt waren. Ein Dutzend akustische Gitarren standen ordentlich in Ständern an der einen Wand entlang, ferner gab es 2 Mandolinen, eine Mandorla und eine Harfe überthronte das malerische Bild. In seinem eigenen Studio begann zum ersten Mal ihr Zusammenspiel und sie lernte viel von ihm und war auf Anhieb total begeistert. Er legte ihr eine seiner schönsten Gitarren in den Arm, nahm seine Mandoline hervor und sie begannen zu musizieren. Sie begriff schnell was sie zu spielen hatte und schlug kräftig und rhythmisch über die Saiten. «Du bist gut, das gefällt mir,», lobte er sie. Inzwischen waren sie ein ganz gutes Gespann.

In seinem Fach als Musiklehrer belegte er nur noch ein Halb Amt in Fest-Anstellung und hatte für sechs Wochen Urlaub bekommen, sie hingegen war eben wieder mal arbeitslos, weil ihr Vikariat als Gitarren-Lehrerin zu Ende ging und der Sommer stand vor der Tür. Nach den Sommerferien würde sie ein neues Amt antreten.

Er war zwar ganze 30 Jahre älter als sie, aber er sah immer noch hervorragend aus, denn er war sehr sportlich. Er erzählte ihr, als sie im Schwimmbad waren, dass er früher Schwimmlehrer war und er wollte ihr immer das Crawlen beibringen, leider ohne grossen Erfolg. «Er sieht sogar besser aus als ich», dachte sie, «Ich bringe meine jungen Jahre, und er das Können». Sie sagte sich, es ist mir egal was die Leute denken, und bei ihm kann ich wenigstens etwas lernen. Sie hörte ihm immer gern zu, wenn er etwas beibrachte oder erzählte, und er fing auch bald schon wieder an. Es fehlte ihm dabei nie an Witz. Manchmal war es ergreifend und manchmal einfach nur lustig.

Der Bettler von Luino

Der Zug ratterte mit ihnen durch die ersten Nachtstunden und Harald wollte keine Langeweile aufkommen lassen. Zuerst machte er einen Witz. Sie fuhren soeben in den Gotthardtunnel ein und die Fensterscheiben waren im Dunkeln etwas beschlagen und so malte er auf diese 3 grosse Buchstaben, Z Z Z.. «Was heisst das?» fragte sie belustigt. Er lächelte und sprach mit vorgehaltener Hand: «Zerscht zahle Zumpel». Das schrieb und sagte eine Italienerin im Zug zu ihrem Mitreisenden, der sie dauernd belästigte». Sie waren allein in ihrem Coupe im Gotthardtunnel und so begann er weiter zu erzählen.

»In Luino spielte ich mal am Strassenrand für einen Bettler, der einfach keine einzige Lira in seinen Hut brachte mit seiner Maultrommel. Es war bereits Abend. Er war unrasiert, schmutzig, trug Hosen die zu kurz waren, sein Jackett schlotterte an ihm wie an einem Stecken und er machte einen sehr erbärmlichen Eindruck. Er war sicher hungrig, wie der aussah.

Ich nahm mein Instrument aus dem Kasten. Als ich da etwas auf der Mandoline tremolierte, flogen die Münzen und Geldscheine nur so in meinen kleinen Koffer. Langsam füllte sich auch sein Hut, da wollte der Bettler plötzlich gehen. Aber da war es schon zu spät. Ein Carabinieri in dunkler Uniform erschien vor uns und gestikulierte wild in der Luft herum. Der nahm das Geld und den Hut und mich nahm er mit auf den Wachtposten. Dort musste ich die Nacht durch in einer Zelle verbringen, statt in dem gemütlichen Bett des Hotels wo ich für diese Nacht einlogiert war. Eine harte Pritsche war alles was ich für meine Bequemlichkeit oder mein Wohlbefinden hatte. Am nächsten Morgen liessen sie mich wieder gehen und ungewaschen eilte ich in mein Hotel um noch etwas vom Frühstück zu sehen. Es reichte dann noch für eine Tasse lauwarmen Kaffee und einen kurzen Taucher im Swimming-Pool».

Der Bettler musste vermutlich nicht mit auf den Posten, den kannten sie ja schon.

Banditen im Schlafwagen

Alisa machte grosse Augen zu der Geschichte, es war geradezu unglaublich für sie. «Wie gemein von ihnen», meinte sie mitleidig, und stieg auf das obere Bett hinauf und guckte von ihrem 2er-Gestell herunter auf Harald. «Machen die das immer so»?

Sie lauschte unruhig. Dann kam ihr plötzlich etwas sehr verdächtig vor, ein knackendes Knarren drang ihr zu Ohren. «Du, hörst du das auch, das Geräusch an der Türe. Da will jemand rein» sagte sie leise zu ihm. Auch er hörte es genau: «Da werkelt jemand an der Türe oder am Schloss herum». «Billettekontrolle» rief es von draussen. Dabei schallten viele aufgeregte Stimmen aus dem Wagon herzu.

«Nur nicht aufmachen, ganz ruhig bleiben, das ist kein Kontrolleur, unsere Fahrscheine haben wir schon nach der Grenze Chiasso vorgezeigt, das genügt, dürfte man meinen». Sie fragte: «Was machst du, wenn sie reinkommen, ich fürchte mich. Schlägst du ihnen etwas über die Birne?» Er verneinte: «Soweit darf es gar nicht kommen, die haben Messer. Aber das ist nichts Neues. Nach der Grenze Chiasso sind die Banditen eingestiegen. Sie plündern jeweils die Abteile und an der nächsten Station steigen sie wieder aus». «Das ist ja unglaublich!» schrie sie empört. Er fügte hinzu: «Die Polizei ist machtlos. Bis die erscheinen, sind die Strolche längst über alle Berge.

Wir sind ihnen sozusagen ausgeliefert. Aber wart mal, was wir jetzt machen, nimm deine Gitarre!». Das kam in einem Befehlston. Er nahm seine Mandoline hervor und begann zu spielen:

Che arrivato l'Ambassadore, con la piuma sul capello, che arrivato l'Ambassadore, per trovare il suo cammello».

«Sing» zischte er, als sie zu begleiten anfing. »D-Dur». Sie schüttelte den Zeigfinger im Ohr, und verstand nicht recht: «Wie? De Tür, die Türe?» Er polterte: «Nein jetzt G-Dur». Jetzt meint er noch: »Geh du», dachte sie, «wohin, an die Tür? Das kann nicht sein. Sie war ganz verzweifelt. «Blödsinn, ich bin etwas aufgeregt, das ist ja kaum zum aushalten». Aber sie fand die Spur und schrummte eifrig drauflos. Dann wurde es plötzlich wieder ruhig. Die Zwängerei an der Türe und am Schloss hatte aufgehört. «Leider gibt es kein Telefon in dem Zug, das wäre dringend nötig!» Das war genauso, wie er es schon öfters in den Zeitungen gelesen hatte. «Endlich, sie haben genug, die sind weg, die müssen jetzt schnell verschwinden», frohlockte Harald. Sie sangen erlöst und spielten zusammen noch bis Mailand wo sie umsteigen mussten.

7

Weiterfahrt nach Neapel

Um ca. 22 Uhr befanden sie sich unter der hohen Kuppelhalle des für damalige Begriffe riesigen Bahnhofs von Mailand. Harald sagte: «Jetzt werden wir in die italienische Bahn umsteigen». Sie nickte. »Das war aber gefährlich vorhin». «Ja einige Passagiere sind jetzt wohl ihre Pässe und das Geld los. Wir nehmen besser kein 1. Klasse Schlafwagencoupé mehr, in der allgemeinen 2. Klasse sind wir sicherer». Sie schleppten ihre Koffer und suchten auf dem Perron nach einem geeigneten Wagen, hatten aber keine besondere Wahl.

Der Bahnsteig war überfüllt und überall drängten die Reisenden an den Trittbrettern der Wageneingänge. Sie stellten sich an in dem Haufen und wurden regelrecht mit den anderen hineingestossen. In ihrem gewählten Abteil war auch schon alles besetzt. Die Fahrgäste liefen hin und her von einem Durchgang zum nächsten und kamen wieder zurück, da sie in den andern auch keinen Platz mehr fanden. Die zwei Zürcher blieben in ihrem Wagon, und wurden an ihrem Stehplatz herumgeschupft. Einige Italiener hatten es sich bereits auf dem Boden bequem gemacht und lagen kreuz und quer im Gang und neben den Sitzbänken, so gut es ging. Ein älteres Ehepaar aus Deutschland sagte zu ihnen: »Bleiben sie da, hier wird bald ein Platz frei». Und richtig! Bei der nächsten Station stiegen einige aus und ihr Freund belegte schnell die Bank. Aber schon sass eine fremde Frau neben ihm, eine ältere Italienerin. Da durfte man ja nichts sagen. Alisa setzte sich zu ihm auf die Armlehne, dann auf die Knie. Aber das dauerte nur ein paar Sekunden und er schubste sie wieder runter: «Du weisst, meine Venen, die Krampfadern», verteidigte er sich. «Oh tut mir leid», und sie rieb ihm rasch über die Beine um den verursachten Schaden wieder wegzuwischen. Besorgt fragt sie ihn: «Hast du genügend Bandagen und Stützstrümpfe eingepackt und die Salbe nicht vergessen?». Peinlich berührt winkte er ab: «Nein, nein schon gut».

Die Luft wurde langsam stickig und heiss. Jemand liess einen Furz ab. Es qualmte von Schweissgeruch, aus den Armlöchern und von den Füssen hoch und von überall aus den Kleidern der Bauern drang Stallgestank in ihre Nase. Aber das war nichts Besonderes, es war der Alltag im Jahr 1972.

Sie holte Tempo-taschentücher aus ihrer Handtasche und gab ihm auch eines. Mütterlich besorgt wischte sie ihm den Schweiss von der Stirne: «Mein armer Harry», lächelte sie ihn an. Wieder winkte er ab: «Das wird jetzt zehn Stunden so gehen. Möchtest du mal die Fahrt unterbrechen? Bald sind wir in Orvieto Terny, Umbria, das ist eine antike alte Stadt, hat den Schutzpatron Josef von Nazareth».

Energisch schüttelte sie den Kopf: «Nein, kenne ich schon, war mal mit einem Studenten Bus dort, mit meinem ersten Verlobten, der ist jetzt in England und auch nicht gescheiter geworden». «Was hat er studiert?», frage Harald. «Er war an der ETH, im Architektur-Studium, aber dann nach seinem Abschluss ging er fort um Englisch zu lernen und hat mich einfach sitzen lassen». Harald schien langsam einzuschlafen. «Schläfst du?» fuhr sie weiter, «wir haben uns noch oft geschrieben – zuerst die Briefe, die immer kürzer wurden, dann kam eine Postkarte von ihm, schläfst du? Dann eine Karte von mir. Hörst du mir noch zu?» Von Harald hörte man nur «Chrrr..» Dann kam auf einmal eine Postkarte aus Rumänien, er war Reiseleiter geworden, der Herr Architekt! Wie sollte ich da noch zurückschreiben können?»

«Was sagst du da?» murmelte Harald. Sie versuchte es anders: «Freilich, es war wirklich fabelhaft. Uralte Mauern. Ein ganzes Schwein wurde da vor Mittag am Spiess gebraten auf ihrem Marktplatz in Orvieto. Das sah aus wie ein Opfer unter dem Dom. Ob die dort noch Opfer bringen?» « Nein, nein Katholiken bringen keine solche Opfer, nur andere», belehrte sie Harald. Sie erwiderte: «Vielleicht jetzt Fastenopfer und die lieben Opferstöcke? Fahren wir lieber weiter, ich halte es schon aus». «Magst du kein Schwein am Spiess». Sie schüttelte nur den Kopf und verzog einen Mundwinkel schräg rüber bis es nicht mehr ging. Er war wieder ganz aufgemuntert: «Löchlein in den Backen, wie?» und er streckte den Zeigfinger danach aus, aber sie konnte noch rechtzeitig ausweichen.

Zum grossen Glück rollte jetzt ein Getränkewagen heran und der Musiker kramte ein paar Scheine Lira hervor. «Bier, oder Limo?» fragte er sie. «Wein wäre doch gut!». «Den kriegst du noch genug, wenn wir am End-Ziel angelangt sind». «In Neapel?». «Nein, das ist noch nicht das Ende unserer Reise». « Du meinst in Ischia?». «Ja genau. Sieh dir ein wenig die Landschaft an, ist doch hübsch flach diese Po-Ebene». «Langweilig würde ich sagen».

Er bezahlte den Getränkeboy mit ca. 2500 Lira und noch 500 Lira Trinkgeld. Das war in Schweizer Währung etwa CHF 4.20 plus 80 Rappen. In Gedanken versunken nuckelten sie an einer Limonade und weiter rollte der Zug und weiter, schier endlos weiter. Er polterte mächtig durch die Gegend sodass man das Schreien der kleinen Kinder etwas weniger hören konnte. Eine Frau nahm ihre Brust heraus und begann zu stillen, und man hörte nur noch das Rattern der Räder auf den Schienen. Er dachte, sie nuckelt wie ein Baby an der Flasche, sie ist noch so jung, aber sie hat mich bis jetzt nicht enttäuscht. Und sie dachte, er hat es mir verraten, wir fahren nach Ischia, und ich wusste es, dass er mich nicht enttäuschen würde. So stimmten sie doch in allem überein.

Endlich gewahrten sie durch die verschmutzten Scheiben das Industriegebiet von Neapel. Aber sie waren noch lange nicht da. Der Zug fuhr jetzt langsamer, und es quietschten die Bremsen, dann stand er still, irgendwo im Industrie Gelände. Er erwachte wieder aus seinem Halbschlaf und sah sich um: «Ich glaube die müssen erst noch die Weichen richten und warten bis sie die Einfahrt kriegen». Da sassen sie fest und mussten warten. Jetzt hörte man aufgeregte Stimmen durcheinander: «Porco miseria», Miseri cordia, so fluchte ein Italiener auf dem Durchweg. Die Wagongänge belebten sich mit aufgebrachten Passagieren. Einige standen an den Fenstern und rieben sich die Sicht frei. «Die Toiletten sind versperrt», rief einer. «Was will denn der jetzt noch auf dem WC?» rief ein anderer. Hastig drückte ihr Gegenüber seine Zigarette am Boden aus und packte seinen Koffer und verliess das Abteil. Die beiden griffen zu ihren Limonadenflaschen und leerten diese noch, wollten sie entsorgen, aber der Abfalleimer war schon überfüllt. Die Fenster waren versperrt und es herrschte eine ausnahmslose Hitze. So verging noch einige Zeit, warten, nichts als warten. «Vielleicht kriegt er doch noch die Einfahrt», meine Harald. «Wird auch langsam Zeit», meinte sie mürrisch. «Lass dir ja nicht die Laune verderben, das kriegen die schon hin», räusperte er sich: «Das letzte Mal bin ich mit dem Car runtergefahren, aber das war viel schlimmer!»

Ankunft in Neapel

Nach einiger Zeit begannen manche Fahrgäste auszusteigen und man sah sie draussen ihre Koffer über die Steine schleppen. Aus allen Wagons strömten immer mehr Leute hinzu und es bildete sich bald eine ganze Schlange die keuchend den Bahnschienen entlang kroch. Harald befahl: «Wir müssen auch raus, komm, pack die Koffer, nimm meinen, der ist nicht so schwer». Sofort riss sie das Gepäck aus den Trägern: «Meiner ist auch nicht schwer, nur grösser». «Also gib her», keuchte Harry. Ihre Instrumente mussten sie aber auch noch mittragen, das hätten sie schon lieber einem Lastenträger am Bahnhof überlassen.

Sie erreichten den Bahnhof doch noch und da warteten auch schon die vielen Kulis und Taxifahrer. Sofort kam einer auf sie zu, und hinter ihm kam auch schon ein zweiter. Er nahm den ersten, der etwas gepflegter aussah. Der war rasiert und lächelte und winkte ihnen freundlich zu. «Zum Vaporetto, dem Aliscafi am Hafen!», kommandierte der Zürcher. Dieses Boot steht nicht bei den üblichen Fähren, sondern auf einem

Privatplatz. Da musste sich ein Chauffeur genau auskennen. Sie hatten einen eigenartigen Fahrer erwischt, einen etwas wortkargen Neapolitaner der aber immerzu lächelte und dabei leise sang und sie auf Umwegen durch die Strassen von Neapel führte.

Eigenartig war dieser auch, weil er nämlich plötzlich in eine enge Gasse einbog und sagte er müsse noch etwas von seinem Bruder mitnehmen. Sie fragte: «Nimmt der jetzt eine Abkürzung?» Er nickte, «Ja die Zeit ist etwas knapp, hat er vorhin gesagt». Immer enger und etwas steiler wurden die Gassen und Harald fing schon an zu zweifeln, als der Taxifahrer meinte:

«Auguri, Sie haben Glück Signor Mandolinisto, ein anderer Fahrer in diesen engen Gassen hätte sie nun ausgenommen, aber Auguri, bei mir sind sie sicher, ich bin nicht so wie die anderen hier. Calma, lei sei sempre bravi, mit ihnen macht man sowas nicht. È suo figlia?», fragte er etwas gerissen. Harald bejahte: «Si, si, Sicuro». Jetzt fragte sie: «Was sagt er da?» Harald beschwichtigte: «Er sagt, dass er dich küssen möchte», lispelte er ihr zu. Sie zischte zurück: «Sehr amüsant, das glaub ich nicht». Sie zog den Saum ihres etwas kurzen

Kleides bis übers Knie runter und bemerkte dabei, wie der Chauffeur sie durch den Rückspielgel beobachtete. Aber das war eher nur Spass. In einer der engen Gassen griff er dann durchs offene Fenster und nahm ein Couvert von einem dunklen Gesellen entgegen, der schon auf ihn gewartet hatte. Harald fragte nun: «Ist das jetzt ihr Bruder»? Der Chauffeur rief: «Ja das war es schon, jetzt geht's zum Hafen»! Das Taxi schlängelte sofort wieder abwärts durch die engen wäschebehangenen Gassen mit den schmutzigen Fassaden. Dann kehrte er wieder auf die grossen stark befahrenen Strassen zurück. Es war ein riesen Gehupe überall. Von weitem sahen sie das Meer und den Hafen von Neapel. Es war schon Nachmittag und die Sonne brannte herunter, dass es zum Kochen schien. Grosse Frachtkisten waren am Quai aufgestapelt und wurden emsig mit Kranen auf die mächtigen Frachtschiffe verladen. Aber, was für ein Anblick. All die vielen Schiffe im Hafen und die, draussen auf dem Meer, die auf Einfahrt warteten, das blaue Meer, der blaue, wolkenlose Himmel – Azzurro.

Die Überfahrt nach Ischia Porto

Vaporetto-Wasserbusse

Tragflügelboot: Das Tragflügelboot ist ein Hochge-schwindigkeits-Wasserfahrzeug, das bei steigen-der Geschwindigkeit mittels des dynamischen Auftriebs unter Wasser liegender Tragflügel wäh-rend der Fahrt angehoben wird. Dadurch berührt der Rumpf nicht mehr das Wasser, das Fahrzeug, auch Aliscafi genannt, «schwebt» über die

Wasseroberfläche. Man sagt dem auch «Fliegen auf Höhe Null». Eine solche Fahrt ist teurer als eine mit der Fähre, dafür aber viel schneller. Mit der Fähre dauert es etwas länger, aber es gibt dafür Aussenplätze für die Touristen, was bei dem Vaporetto nicht möglich ist. Es ist komplett verschlossen.

Harald wählte das Schnellboot. «In ca. 25 Minuten sind wir schon drüben», sagte er zu ihr.

Der Anschluss auf das Vaporetto gelang in bestem Timing. Sie konnten sich nicht lange umsehen. Schon schoben sie sich mit den anderen Touristen über den Schiffssteg und atmeten die frische Meerbrise ein. Eine echte Erholung bei dieser Hitze vorhin im Taxi. «Siehst du dort drüben, das ist nur eine Fähre. Die kommen von Neckermann, viele kommen von dem Reisebus welcher die günstigere Fahrt ein gepriesen hat» meinte er und stiess sie dabei an als er auf die anderen Deutschen hinwies, mit ihren gebleichten Haaren und mit ihren bunten Stoff- Käppchen, die auch mit ihnen eingestiegen waren. «Die fahren auch per Reiseplan aber sie bezahlen mehr, aber wir sind frei. Sie fragte: «Wo kommen denn die überall her, im Zug habe ich eigentlich keine gesehen, oder nur wenige». «Die sind eben mit dem Reisebus angekommen. Das war sicher ein grösserer Türk, wenn man bedenkt, dass die schon in Deutschland abgefahren sind. Das mussten sie durchhalten, aneinander, ohne gross aufstehen und etwas gehen zu können». Sie bekräftigte ernsthaft: «Mir graut es schon, wenn ich an ihre Sitzflächen denke». «Oh, ja», stimmte er ihr zu, «wir hatten es trotzdem alles in allem besser. Und für dich, meine Liebe, werde ich für eine angenehme Reise und für einen tollen Urlaub sorgen». Sie lächelte verschmitzt: «Soweit du das kannst».

«Ich werde dir das schönste Hotel in Ischia zeigen und dich in mein allerbestes Hotel bringen, es hat Swimming-Pool. Freu dich darauf!» «Jetzt übertreibst du aber» Sie sah sich nach allen Seiten um, Meer und nichts als Meer. «Die Deutschen sind aber lustig, sie stören mich nicht, nur ihr Lärm», meinte sie. Das Fahrgefühl im Vaporetto war als ob sie auf Kissen übers Meer schweben würden.

Sie fuhren an der Insel Procida vorbei. Von der Küste her leuchteten die vielen typischen farbenfrohen Häuser in bunten Tönen eng aneinandergeschmiegt. Harald erklärte: «Diese Insel war früher nur für Sträflinge, sie ist deshalb sehr berüchtigt. Ein Arzt erzählte mir einmal etwas davon. Er betreute die Gefangenen dort. Sie waren immer auf ihrer Pritsche angeschnallt, hatten lediglich ein Loch mit dem Topf unter ihrem Hintern. Wie die da gelitten haben müssen!» Sie rief: «Und gestunken! Arme Kerle, mir wird schlecht» würgte sie hervor und dann ging sie zur Toilette und würgte weiter. Sie konnte nicht hinaus an die frische Luft, denn das Vaporetto war kompakt verschlossen. Sie hatte seit ihrer Abfahrt in Zürich nichts mehr gegessen und spie nichts anderes als Galle und Schaum. Dabei war es ihr dauernd kotzübel. Ein Steward nahm sich ihrer sehr hilfsbereit an. Zum Glück war die Fahrt sehr kurz und es wurde bei der Ankunft im Hafen das Gepäck von der Schiffsmannschaft von Bord gebracht. Dort warteten die Träger der Hotels und der Albergos. Die einen kamen von den teuren Luxus- Hotels, die andern von den Albergos und den Ferienwohnungen. Harald wähle ein Albergo, denn dort waren noch Plätze frei. Zahlreiche Schiffe lagen im Hafen und die Ansicht von Ischia Porto war überwältigend.

Ischia, Porto 2te Etappe:

Erwachen in Porto

Porto Ischia ist die Hauptstadt der Insel. Am nächsten Tag erwachte sie in einem kleinen bescheidenen Zimmer in einem Einer- Bett. Sie schaute sich müde um: »Ist das jetzt das schöne Hotel von dem du geschwärmt hast?» Er sass bei ihr, eben hatte er etwas auf seiner Mandoline geübt: «Hör zu, du bist seekrank geworden auf dem Schiff, obschon es das schnellste Fahrzeug überhaupt ist, übers Meer. Du bist ja bleich wie ein Käse». «Was für ein Käse?» fragte sie. «Ausruhen sagt der Onkel Doktor und iss etwas, wenn du wieder magst. In dem Zustand wollte ich dich nicht gleich in das schönste Hotel einführen. Aber morgen gehen wir». Damit kehrte der Appetit bei ihr sogleich zurück. Was gibt es zu essen? ich mag Pizza!» irgendwie war sie noch wie ein Kind, aber er war froh darüber, so konnte er auf Distanz bleiben.

Ein breiter Brettersteg führte dem Quai entlang. Es gab Stände mit Ansichtskarten und Allerlei. Zuerst kauften sie sich also solche Karten für die Lieben zu Hause. Das war ein Muss, denn die Zurückgebliebenen hatten doch ein Recht darauf zu wissen, ob sie wenigstens gut angekommen waren. Dann führte sie eine Treppe hinunter, zu einem tiefergelegenen Steg. Dort gingen sie in ein kleines Restaurant unten am Hafen von Porto. «Die haben den besten Wein, magst du auch?» «Soll ich denn schon, nachdem es mir so schlecht war?», fragte sie ungläubig. Er lachte bloss: «Du kannst». Jetzt fuhr sie beinahe aus dem Häuschen: «Du bist ein Biest» säuselte sie. «Ich bin der Beste», das erwiderte er. Mit einem Seitenblick sah sie ihn mit grossen und prüfenden Augen an: «Ja, ich weiss», du wirst bewundert». Aber er besänftigte sie schonungsvoll: «War nur ein Scherz».

Er blickte sich um nach dem Kellner: «Wo bleibt denn die Bedienung? Ja meine Liebe, du musst vermutlich noch etwas warten, in südlichen Gefilden schlafen sie doch alle ab zwei Uhr». Eine halbe Stunde später erwachte der Kellner dann doch noch aus seiner Siesta, und kam sehr beflissen vor ihren Tisch. Harald gab die Bestellung auf: «Der Beste, den sie haben, so wie in letztem Jahr»! «Mit der Pizza»? Ja, ja, aber erst den Wein»! Es vergingen nochmals etwa zwanzig Minuten bis dann der Kellner endlich den Wein brachte. Aber der war köstlich. Es war herrlich hier und sie wäre am liebsten den ganzen Tag sitzen geblieben bei dieser Aussicht. Die vielen kleinen und grossen Schiffe im Hafen, jene die man auch weit draussen im Meer segeln sehen konnte, und das Hafenstädtchen zur Seite, das war gewiss sehr malerisch. Momentan war es eigentlich ziemlich ruhig. Aber er drängte schon bald zum Aufbruch, «ich möchte noch etwas üben». In ihrem bescheidenen Hotelzimmer musste sie dann eine Stunde lang seinem Tremolieren zuhören und vergrub den Kopf im Kissen. Aber irgendwann hatte auch er genug, ging unter die Dusche und sie machten sich für den Ausgang bereit.

Porto war ein stark belebtes Städtchen, die Hauptstadt von Ischia. Es gab da viele vornehme Häuser im alten italienischen Stil. Es hatte auch viele grosse und bessere Hotels, solche mit Pool und wunderschönen Gärten. Natürlich war da auch die Bank, die Banca di Napoli. Harald ging kurz hinein um ein paar Deutsche Mark in Lira umzuwechseln. Er hatte noch ein paar aus Baden-Baden. Viele schöne Läden säumten die Strassen und die Touristen bummelten hin und her.

Im Orangengarten

«Heute gehen wir in den Orangengarten, dort spielen sie die schönste italienische Musik die du je gehört hast». Sie machte grosse Augen: «Klassisch?». Er legte den Kopf zurück und rühmte: «Nein, dies nicht, aber die schönsten italienischen Lieder, und Folklore zur Gitarre, sie spielen nur mit akustischen Instrumenten, ohne Verstärker ». Also machten sie sich auf den Weg. Es war ein angenehmer Abend, aber es war immer noch ziemlich warm. Die Luft war erfüllt von Oleander und Thymian. Letzterer könnte sich aber auch aus den verschiedenen Hotelküchen dazu gemischt haben. Als sie sich dem Gartenrestaurant näherten, hörten sie schon von weitem ihre Tarantellen. Giardino d'arancio. «Das ist der Aranceto». Ein farbiges Neonschild prangte über dem Eingang und es leuchteten ringsum die Lichterketten mit Orangen dazwischen und Glühbirnen in rot, gelb und blau durch das dunkelgrüne Blätterwerk. Die Gartenwirtschaft war bereits stark besetzt. Die Tische waren nur noch auf Reservation zu bekommen. Aber für die zwei Neuankömmlinge war das kein Problem. Harald hatte seine Mandoline dabei und es wurde ihnen von einem beflissenen Kellner alsbald ein Tischchen nahe der Kapelle zugewiesen.

«Bona Sera, Maestro». Die von der Musik kannte er schon und bei seinem Erscheinen winkten sie ihm freundlich zu. Der Kellner wartete höflich: «Cosa desidero, Maestro?» Harald bestellte eine Flasche vom Hauswein. Die Kapelle spielte einen Touch und sie winkten ihm nochmals zu. Sie hatten schöne bunte Trage-Bänder um ihre Schultern und farbige Hemden wie die Lampione. Einer von ihnen gab etwas durchs Mikrofon bekannt: «Soeben sind Gäste aus Zürich eingetroffen».

Harald griff nach seinem Instrumenten-Köfferchen und nahm seine Mandoline heraus. Aber es fehlte ihm etwas, wonach er hektisch pustete: «Das Plättchen, das Plektrum, wo ist jetzt mein Spezialplättchen für Metallica, das war doch eben noch auf dem Griffbrett zwischen den Saiten?». Mit einem solchen Plättchen konnte er viel effektvoller spielen, und das war nötig in einem offenen Raum. Alisa triumphierte: «Nicht suchen, ich habe hier immer eins in meiner Handtasche!». «Ah, du Schatz», er stülpte noch ein kleines gestricktes Fingerhütchen zum Abstützen über seinen kleinen Finger der rechten Hand und weg war er. Schon sass er mitten unter der Band, unterhalb der weit geschweiften Treppe. Sie legten los im 6/8tel Takt, mit echten Tarantellen aus Neapel, es erklang das schwermütige Lied «Fenesta che Lucive».

Mandolinist mit den Musikern im Orangengarten

Es heisst eigentlich Fenestra, aber das ist eben neapolitanisch, napule. Fenesta che Lucive, ma dormiente. Der Zürcher Gast tremolierte vor ihrem Mikrofon umgeben von lauter jungen Gitarristen, von den Besten die Alisa je gehört hatte. Es erklangen die berühmten Lieder wie: «Come Prima», «I Fund My Love in Portofino». Es war wie ein paradiesischer Traum. Zuweilen löste sich ein junger Gitarrist von der Gruppe, schlängelte sich durch die Gäste und kam mit seiner Gitarre vor Alisa. Sie staunte sehr über sein Können, und dachte: «Der könnte mir was zeigen. Die umliegenden Gäste können gar nicht beurteilen, was der alles im Kasten hat. Wenn Harald nur nicht eifersüchtig wird, wenn der so bei mir steht». Der Gitarrist betrachtete sie interessiert, aber nicht aufdringlich, sondern sehr distinguiert. So jung er war, hatte er es nicht nötig unhöflich oder anbiedernd zu sein. Er schaute sie einfach lächelnd an und er wirkte wie von einem anderen Stern. Aber ein Kellner half ihr bald aus der Verlegenheit. Er servierte ihr einen hohen Becher Orangenjus mit einer halben Orange am Rand aufgesteckt. Den hatte sie nicht bestellt. Fragend sah sie den Kellner an, aber der meinte freundlich: «Der wird vom Haus spendiert». Auch auf den anderen Tischen standen vor den Gästen viele solcher farbigen Fruchtgetränke.

Die Gitarristen begannen sich unter die Gäste zu mischen, nur Harald blieb sitzen mit seiner Mandoline, und brachte ein Ständchen aus Don Giovanni von Mozart, «Deh, Vieni alla Finestra» und alles hörte zu. Aber sein Geheimnis behielt er für sich, das wusste niemand; Er konnte leider nicht lange stehen wegen seinen Beinen. Gut, er war auch ein bisschen zu vornehm um direkt bei den Gästen zu spielen, er sah eher aus wie ein Professor mit seinem langen weissen gelockten Haar und dem weissen Veston.

Die Musiker hatten aufgehört zu spielen und kamen zurück auf ihren Platz und hörten vorerst zu, bis sie anfingen ihn zu begleiten. Dann riefen sie den Gästen zu: «Ein Applaus für den Professore!» «Tia, dachte Alisa, der ist schon berühmt, ich mag es ihm ja gönnen, nur ich, was ist mit mir, wenn ich mit ihm spielen werde? Der gibt mehr her als ich, sieht auch noch besser aus. » Er kam zu ihr zurück: «Sempre sospire et pensiero? bist in Gedanken, hat es dir gefallen?» «Und wie!» strahlte sie zurück, und trank, und man könnte beinahe sagen und soff von dem glühenden Wein bis sie genug hatte. Das war ihr erster Tag in Porto Ischia.

Mareschall im Frack

Dies war eine besondere Schau-Darbietung im Orangengarten, bei dem es absolut still wurde. Es war eine Spezialeinlage des Hauses, während die Gitarristen eine halbe Stunde Pause hatten. Pantomime ist in Italien eine hohe Kunst, mal tragisch mal lustig und das durften sie dann mitansehen. Ein kleiner etwas rundlicher Mann in einem schwarzen Frack und Zylinder und weissen Handschuhen betrat das Podium.

Ein Scheinwerfer war auf ihn gerichtet nachdem die anderen Lichter ausgingen. Er hatte ein melancholisches und tragisches Gesicht, sein Frack spannte etwas über seinem Bauch. Dann zog er einen weissen Umschlag aus seinem Revers hervor beguckte ihn von allen Seiten und schüttelte immer wieder den Kopf, zeigte darauf und richtete fragende Blicke in das Publikum. Er zog einen Brief daraus hervor, hielt ihn vor sich hin, zuerst ganz nahe, immer näher, dann etwas weiter weg, dann griff er sich an die Stirne und streckte den Arm mit dem Brief ganz von sich. Er zerknitterte ihn und rollte ihn wieder auf, wischte sich die Augen und griff sich ans Herz. Der Brief fiel zu Boden.

Der Mareschall im Frack

Dann zog er eine Blume hervor und ging mit einem Bein ins Knie, die andere Hand ausgestreckt zum Himmel gerichtet. Er schaute ins Publikum als ob er jemanden suchte und schüttelte wieder den Kopf. Er zog den Hut vom Kopf, dabei flogen

Federn in die Luft, bald pustete er, bald stampfte er darauf herum, und so flogen weitere Federn in die Luft, denen er nachwinkte, dann zog er ein blankes Messer und richtete es gegen seine Brust. Aus dem Hintergrund blitzte eine Taschenlampe auf und reflektierte genau das Messer. Im Publikum tönte es «Ah und Oh».

Dann prüfte er seinen Dolch mit zwei Fingern, ob es scharf genug sei und schliff darauf auf und ab, sodass es einem in kalten Schauern den Rücken hinab lief. Dann hielt er es vor seinen gewölbten Bauch und stiess es durch den Frack, gegen seinen Leib. Dabei ging dieser plötzlich in seiner Schwellung zurück und die Luft des Ballons, den er natürlich darunter hatte, entwich mit einem Pfiff, dass man es gut hören konnte. Vielleicht hatte da noch jemand etwas nachgeholfen. Jedenfalls, der Bauch war weg. Der Scheinwerfer erlosch. Ringsum herrschte Dunkelheit. Darauf fiel er der Länge nach hin und zwei Kollaborateure kamen hinzugeeilt, schleppten ihn an Händen und Füssen weg, hinter den Ausschank. Zum Schluss kam der Pantomime, jetzt sichtbar schlanker, wieder zurück, die Lichter gingen an, er verneigte sich und bekam brausenden Applaus. Das war zirkusreif.

Der Maler von Porto

Am nächsten Tag machten sie einen Ausflug zu einem Künstler. Er hatte sein Atelier in einem Dorf etwas ausserhalb von Porto, aber es war gut zu Fuss zu erreichen. In einer geraden Sackgasse, von Zypressen gesäumt, sah man sein Haus schon von weitem. Am Ende, hinten in der Mitte dieser kleinen Strasse prangte die gelbe Fassade des alten Hauses, in echt italienischem Stil, mit Balkönchen und einem sehr grossen Fenster. Der Maler war sehr erfreut über diesen Besuch, denn sie hatten sich seit dem letzten Jahr nicht mehr gesehen. Er hatte einen schwarzen Schnurrbart und steckte in einem farbbeklecksten Sakko. Der Zürcher hatte ihn auf einer Vernissage in einem Hotel entdeckt und wurde von dem Maler danach in sein grosses Atelier eingeladen. Stolz zeigte der Künstler auf sein letztes Bild. Es war riesengross, in herrlichen Farben, wie auch die anderen. Dieses war ein Patch-Work aus Stoffen, teils auch mit Pinsel bemalt und stellte den Hafen und eine Bucht von Porto dar. Der Maler war aus Ischia gebürtig aber er war denn doch etwas mehr gebildet als die anderen hier, und konnte genug Deutsch, wenn auch gebrochen, um von seinem Bild zu erzählen:

Das blaue Hemd

«Dieses wunderbare Türkis, das sie hier bei der Bucht sehen können, hat eine ganz besondere Bewandtnis. Nirgends konnte ich ein solches Blau in einem Stoff auffinden. Ich schlenderte oft mit einem Zeichenblock in der Gegend herum, um dabei doch per Zufall auf das Gesuchte zu stossen. Dabei fiel mir ein Tourist auf, mit einem Hemd in Türkis. Genau, das ist es was ich brauche, dachte ich und begann dem Mann mit seinem kleinen Rucksack zu folgen. Aus einiger Entfernung rief ich ihn an, aber er hörte mich nicht. Eine ganze Weile lief ich weiter hinter ihm her und überlegte, wie ich es anstellen sollte um an sein Hemd zu gelangen. Da, auf einmal zog dieser Wanderer sein Hemd aus, denn er schwitzte vermutlich wie ich. Mit einem Schwung nach hinten warf er das Hemd auf seinen Rucksack, wobei er immer weiterwanderte, und ich hinter ihm. Er trug jetzt nur noch ein Leibchen. Dann geschah es, er verlor das Hemd, denn es fiel ihm vom Sack an seinem Rücken herunter in den Staub der Strasse. Das war meine Chance. Ich wartete noch etwas, ob er es bemerken würde. Er lief weiter und ich verlor ihn aus den Augen, aber nicht das Hemd. In ein paar Schritten war ich dabei. Das gesuchte Objekt nahm ich alsbald in meinen Besitz und versteckte es in Eile. Dann landete das Hemd in meinem Atelier, wo es der Schere zum Opfer fiel, aber ich war glücklich wie schon lange nicht mehr». Harald klopfte ihm auf die Schultern: «Gut gemacht und das Bild könnte nicht schöner sein, passt nur nicht in meinen Koffer».

Modell stehen

Der Musikus musste mal schnell aufs WC. Er wusste noch vom letzten Mal wo es war und schritt den Gang hinunter bis zur letzten Türe. Inzwischen war Alisa mit dem Maler allein geblieben. «Ah, diese Farbe, von ihrem Kleid, ich muss sie haben. Stehen sie mal da vorne hin». «Soll ich ihnen Modell stehen, wollen sie mich malen?» Er suchte etwas auf seinem Tisch herum wo die Pinsel und all die Farbtöpfe und weiteren Utensilien standen. Er hatte seinen Gegenstand gefunden. Es dauerte nicht lange und Harald war zurück gekehrt ins Atelier. Aber da staunte er sehr, als er Alisa vorne auf einem kleinen Sockel stehen sah. «Was ist denn mit deinem Kleid los? Es scheint mir kürzer als vorhin. Deckt ja nicht mal die Knie» Auf dem Gerätetisch sah er einen breiten gelben Stoffstreifen. «Das ist ja von deinem Kleid!» Und er sah zum Maler hin, welcher etwas verschämt grinste. «Ma Signore, sehen sie nur was sie für hübsche Beine hat». «Sie haben das getan, sie?» «Excusi Signore, denken sie an mein Bild». «Ich glaube der ist verrückt geworden, das Kleid ist kaputt, der Saum ist wie abgefressen, wir müssen ein Neues kaufen, komm wir gehen!» Er nahm sie an der Hand und schritt mit ihr zum Ausgang. Nochmals wendete er sich zu dem Vandalen: «Wir müssen sie leider verlassen Signore. Bis zum nächsten Mal, arrivederci». Schweigend folgte sie ihm wie ein gescholtenes Hündchen und sah verschämt an ihrem Kleid hinunter: «Ach was macht das schon bei der Hitze?»

Am Abend waren sie wieder in Porto. Dort besuchten sie zuerst die Eisdiele und schleckten genüsslich einen Glace-Doppeldecker mit Mocca-Macadamia und Pistache. Dieser kostete damals im Jahr 1972 ca. 1000 £, für eine Kugel mussten sie 600 italienische Lira bezahlen, umgerechnet in CHF ca. 1 Schweizer Franken. Macadamia, die Mischung mit Haselnuss und Caramel, war etwas Neues für Alisa. »So eine Eisbude wäre doch was in Zürich, dann hätten wir sogar Himbeereis zum Frühstück!» Zucker hilft manchmal mehr als Alkohol um die Stimmung wieder aufzuheitern. Sie schlenderten weiter durch das Städtchen von Porto, durch die Einkaufsstrassen Via Roma und Corso Vittorio Colonna und kamen an vielen neonbeleuchteten Verkaufs- Ständen vorbei, deren Wiederschein sie wie magnetisch anzog mit allerlei Waren wie farbige Tücher, Strohhüte und anderen hübschen Sachen, wie die berühmten Korbflechtereien. Es gab sogar einen Stand mir Kleidern. Sie blieben stehen und er forderte sie auf, sich eines auszulesen. Es sollte ein langes sein, für die Auftritte. Sie wählte ein farbiges und langes Wickelkleid aus weichem, gekrepptem Baumwollstoff, und freute sich sehr. Sie brachen auf, ein Mini Taxi brauchten sie nicht, und eilten weiter zu ihrem kleinen Hotel zurück. Dann sassen sie wieder in ihrem Zimmer mit den zwei Betten. Es kam ihr gar nicht mehr so bescheiden vor und sie freute sich über die schönen glänzenden Steppdecken. Auf dem einen nähte sie als Notbehelf bei schwacher Beleuchtung an ihrem Saum, während er auf dem anderen wiedermal was auf der Mandoline übte. Ein letztes Mal kehrten sie ein in den Orangen Garten, aber diesmal nahm er seine Mandoline nicht mehr mit, sondern verschloss sie in dem Hotelschrank. «Ich brauche eine Pause», meinte er so nebenbei.

Lacco Ameno- Forio, 3te Etappe

Nach vier Tagen in Porto packte den Musiker wieder das Reisefieber und er kündigte an: «Heute geht unsere Reise weiter, nach Lacco Ameno. Ich geh mal an die Rezeption zum Telefonieren. Inzwischen kannst du die Koffer packen». Als er nach einer Weile zurückkam strahlte er: «Es ist alles in Butter, wir können die Koffer an der Rezeption abgeben».

«Wir sollen unser Gepäck hier zurücklassen?» fragte sie erstaunt. «Wir werden es in unserem nächsten Hotel wiederbekommen, wir gehen zu Fuss». «Sag, ist das nicht etwas verrückt, geht das mit deinen Beinen?» «Mit denen kann ich sehr gut laufen, soweit du willst, nur herum stehen geht schlecht wegen den Krampfadern. Aber dafür habe ich die Stützstrümpfe». «Tapfer, alle Achtung. Du, geht es jetzt in das besagte Luxushotel?» «Das ist es, das Cristallo in Casamicciola Terme, in einem Vorort von Laco Ameno. Es liegt auf einer Anhöhe über dem Meer und dahin führt ein berühmter Panoramaweg direkt von Porto aus».

Der Panoramaweg

Es war ein wunderschöner Vormittag, noch nicht so heiss, als sie sich auf den Weg machten. Es gab damals noch fast keine Autos auf dieser wenig befahrenen Strasse. Nur ein einsamer Hund kam ihnen entgegen und trottete an ihnen vorbei, ohne von ihnen Notiz zu nehmen. Sie hatten ständig die ganze Aussicht aufs Meer und der Weg war von lauter blühendem, weissem und rotem Oleander gesäumt. Es duftete, summte und zwitscherte und ihre Augen sahen nichts als Blau und Blau und Meer und Blumen und da und dort Eukalyptus-Büsche an den Abhängen. Ab und zu kam ihnen doch ein Wanderer entgegen. Ein einheimischer, diesmal kein Tourist war eben vor ihnen, als Harald diesen anhielt und fragte: «Excusi Signore, è justo la direzione per Casamicciola». «Si, si, sempre direto, ancora una ora». «Wieso fragst du denn, wenn du es doch selber weisst?» «Ich will nur etwas mit den Leuten hier plaudern oder ins Gespräch kommen, ist doch amüsanter!» Und sie setzten ihren Weg fort. «Hier haben einst die Götter gelebt und jetzt siehst du keinen mehr, alle weg». Sie sah ihn an: «Dich haben sie vergessen!» «Danke fürs Kompliment, und dich? Mein Spassvogel».

Casamicciola Terme

Die Gemeinde Casamicciola Terme liegt im grünen, blütenreichen Norden der Insel. Sie ist mit dem größten Vorkommen an heilenden, besonders wirkstoffreichen Thermalquellen sowohl am Meer als auch im Landinnern gesegnet.

Ihre Wanderung dauerte nicht länger als etwas mehr denn eine Stunde. Da standen sie vor dem sagenhaften Hotel mit seinem Park von lauter Palmen Platanen und anderen mediterranen Bäumen umgeben. Ein hoher beschrifteter Bogen ragte über dem Portal.

«Hotel Cristallo». An der Rezeption wurden sie schon erwartet: «Signore Becker? die Herrschaften aus Zürich?» «Ja die sind wir, die aus Porto. Ist unser Gepäck schon angekommen? Ah, da sehe ich ja unsere Instrumente, ja alles dabei». «Hier sind ihre Schlüssel, Zimmer 313, 3te Etage vorn mit Meersicht. Dort drüben im Empfangsraum finden sie den Portier, der sie in ihr Zimmer führen wird und das Gepäck mit hinaufbringt. Warten sie, da kommt er schon». Die Hotelhalle glänzte nur so vor Pracht, der Boden spiegelglatt, war in kostbarem Mosaik angelegt und die Leuchten dezent in Wände aus Marmor vertieft. Sie liefen hastig dem Portier nach, zum Aufzug, die Mandoline und Gitarre nahm er selber unter den Arm.

Das Hotel

Als sie aus dem Lift in ihrer Etage stiegen erwartete sie ein neues Wunder. Durchs ganze Treppenhaus leuchteten ihnen lauter verschiedene Farben entgegen. Wenn sie sich über das Geländer bückten sahen sie, dass jede Etage unter und über ihnen in einer anderen Farbe war. Da gab es Türkis, Reseda, Azur, Kobalt, Gelb und Orange und Lila, wunderschön abgestimmt. Auch die breiten Treppen stimmten darin überein. In einer anderen Vorhalle gewahrten sie einen Springbrunnen in einem Becken von Palmen flankiert. Der Portier bekam sein Trinkgeld, sie holten rasch ihr Badezeug aus den Koffern und runter gings ins interne Hallenbad. Dieses war mit den schönsten Keramikplatten in Türkis und blau eingefasst. Aber auch ihr eigenes Toiletten- und Badezimmer hatte diese farbigen Keramikplatten, genau in der Farbe ihrer Etage. Im Swimming-Pool zeigte Harald ihr seine Künste. «Ich schwimme jetzt von Anfang bis zum anderen Ende unter Wasser, ohne einmal den Kopf zu heben. Kannst du das auch?» «Das will ich erst einmal sehen». Da war er weg, untergetaucht. Und schon konnte sie ihn am anderen Ende des Pools wieder aus dem Wasser steigen sehen.

Caffè Grigo, Caffè Corretto

Am nächsten Tag im Frühstückssalon bekamen sie ihren ersten italienischen Kaffee. Er wurde wie so üblich in allen Hotels in zwei Kännchen serviert. Als sie den Kaffee mit der Milch gemischt hatten, kam ihnen dieser sonderbar vor und sie guckten abwechselnd mit viel Deckel-Geklapper in das vornehme Silberservice. Der Kellner stand etwas abseits, und nestelte etwas an seinem Kragen herum, dann wurde er aufmerksam und kam zu ihnen. Er verbeugte sich höflich vor Harald: «Stimmt etwas nicht?» Harald nahm ebenso höflich einen Schluck und schüttelte nur den Kopf. Aber Alisa konnte sich nicht zurückhalten: «Der Kaffee ist ja grau!», rief sie, und wies auf ihre Tasse. Der Kellner tat erstaunt: «Il Café et nero et la Latte et bianco, allora fa Grigo ». Harald ergänzte: «So ist eben Kaffee in Italien, aber der Espresso ist der Richtige, der schmeckt ausgezeichnet, mit Grappa ist er noch besser, das ist der Corretto».

Dame sucht Anschluss

Langsam füllte sich der Frühstücksraum mit Gästen. In der Nähe ihres Tisches sass eine Dame mittleren Alters allein und spähte des Öftern zu dem Paar hinüber. Alisa tropfte immer noch das Wasser vom Haar über die Schultern von ihrem frühen Bad im Swimming-Pool. Seit sie in Ischia waren hatte sie überhaupt keine Frisur mehr. Sie genierte sich ein wenig und band das Haar notdürftig im Nacken zusammen indem sie die prüfenden Blicke der älteren Dame gewahrte. «Die ist aber neugierig, da drüben». Die Dame war natürlich korrekt gekleidet und frisiert und Alisa nahm dies für einen Nachteil für sich entgegen. «Achte nicht auf sie, solche Weiber suchen doch meistens Anschluss, oder wollen sich nochmals einen Mann angeln», meinte ihr Freund, der die Dame auch bemerkt hatte, welche ihre Augen immer öfter auf ihm ruhen liess.

Bald darauf verliessen sie ihren Tisch und nachdem sie kurz in ihrem Appartement waren begaben sie sich mit ihren Instrumenten in den Garten um dort etwas ungestört zu üben. Im Rasen standen einige Klappstühle die sie hinter ein Gebüsch platzierten. Sie nahmen das Tessiner-

Lieder Programm durch. Das war für Alisa nicht weiter schwierig. Nach einer gewissen Weile musste Harald mal schnell zur Toilette ins Hotel und Alisa blieb allein zurück und spielte weiter. Diesmal pfiff sie leise zu den Rhythmen.

Nur Perlen

Da kam die Dame von vorhin hinter einem Gebüsch hervor auf sie zu. «Guten Tag, liebes Fräulein, sie haben vorhin aber sehr hübsche Musik gemacht. Ist das Ihr Vater?» Alisa schaute auf: «Ach was, das ist mein Schwimmlehrer, wissen sie wir haben sogar früher zusammen getaucht, nach Perlen. Harry handelt jetzt mit Perlen, die er hier auf der Insel verkauft. Er ist sehr reich, er hat einen ganzen Koffer voll davon. Morgen besucht er einen Juwelier in Forio». «So? es ist aber nicht ihr Mann? Wie haben sie eben noch gesagt, er heisst Harry oder Hazy? ist das der berühmte Musiker mit der Trompete, der jetzt auch noch mit Perlen handelt? «Ach was, keine Trompete, nur Perlen, die schönsten die sie je gesehen haben!» «Da Ist er also sehr reich? »Alisa gab gekränkt zurück: «Die Frage lautet, was sie unter reich verstehen!» Es kam wie ein Hecheln: «Ist er begütert, besitzt er ein Haus?»

44

Er, von dem die Rede war, kam eben zurück: «Hallo ihr Beiden, angenehme Unterhaltung? Habt ihr euch schon angefreundet?» Alisa rollte mit den Augen hin und her. «Sie ist etwas neugierig geworden und sagte sie hätte mich beim Frühstück schon gesehen». Das gefiel Harald aber gar nicht: «Komm jetzt schnell, wir müssen bald abreisen». Beinahe empört rief die Dame: «Oh, sie wollen schon wieder fort, wohin geht denn die Reise»? «Wir gehen zu den Aphroditen, meine Gitarristin braucht dringend ein Bad». Er nahm sie, die jetzt etwas verlegen grinste an der Hand: «Komm, die ist nichts für dich, ich bringe dich in bessere Gesellschaft. Hier riecht es mir zu stark nach Moder». Alisa packte rasch ihr Zeug zusammen und folgte ihm ins Hotel zurück. Sie nahm zum letzten Mal einen Augenschein vom Hotelpark mit seinem blauen nierenförmigen Swimming-Pool. Dieser gefiel ihr besonders, denn er hatte eine hübsche, schmale gebogene Brücke die über die Mitte des zweiteiligen gerundeten Beckens führte. Dieses schimmerte so himmlisch in Türkis und Blau. Es wuchsen Mediterrane Pflanzen überall und zwischen den Palmen und Platanen hindurch erblickte sie noch einmal das weite Meer.

Der Pianist

Es war gerade Samstag und das Hotel war in Vorbereitung für eine Vernissage. Es herrschte ein reger Betrieb und die Portiere trugen verhüllte Gemälde in einen grossen Nebenraum, welche sie vorerst an den Wänden entlang abstellten. Der Salon füllte sich allmählich mit lauter vornehmen Gästen. «Hier scheint sich der ganze Adel von Rom zu versammeln» flüsterte er ihr zu.

In der Mitte von all den Gemälden stand ein grosser schwarzer Flügel und daran sass auch schon der Pianist der alsbald zu klimpern anfing. Man hörte viele aufgeregte Stimmen von jungen Italienerinnen. Er eröffnete mit «Arrivederci Roma, Love in Portofino, es folgte »Torno a Surriento, damals von Caruso gesungen, später Lucio Dalla» Hübsch gekleidete junge Damen strömten herein und steuerten auf den Flügel zu. Neben ihm scharten sich auch schon die jungen Sängerinnen die sich kaum noch halten konnten, kaum einander Platz liessen. Jede wollte dem Pianisten am nächsten sein und es erschollen ihre italienischen Weisen, dass es zum Herzzerbrechen war. Die Sängerinnen schmolzen förmlich dahin.

«Komm, das kannst du auch, gehen wir wieder rauf, das ist ja ein Lärm hier unten, übrigens hast du den Film zu Love in Portofino schon mal gesehen? Da steigt der Dieb über die Balkone und stiehlt den Hotelgästen den Schmuck ein toller Krimi». Und er summte den Song: «I Fund My Love in Portofino, perché le sogni credi ancor".

Bald ein Krimi

Als sie in ihrer Etage anlangten, gewahrten sie wieder diese Dame von vorhin. Sie war in einem tiefausgeschnittenen schwarzen Cocktail-Kleid mit eleganten Schuhen und hohen Absätzen und stand vor ihrer Tür. «Wart mal, was will die vor unserer Türe?» Er hielt den Arm vor Alisa und hielt sie zurück. «Sie hat uns noch nicht gesehen». Unterdessen begann die Dame an die Tür zu klopfen und darauf, als niemand antwortete versuchte sie die Türklinke zu betätigen, sie drückte ein paarmal, dann hielt sie das Ohr an die Türe. Überrascht drehte sie sich um, als sie jemand hinter sich vermutete und sich das Paar nähern sah. «Oh, da sind sie ja Signore Hazy, oder Harry, so heissen sie doch?» Er schaute schon etwas verdutzt drein und meinte nur: «Was soll das? Wie kommt die zu meinem Namen, du?» Er blickte Alisa prüfend in die Augen. Die Dame in schwarz rief: «Nicht böse werden Meister Hazy, wissen sie, ich wollte sie nur fragen, ob ich einmal ihre Perlen bewundern dürfte». «Was reden sie denn da, was für Perlen?» «Ach diese, wovon mir ihre Begleiterin vorhin erzählt hatte». Ach so, diese. Nun, leider geht das nicht, wir müssen nämlich demnächst nach Forio abreisen, da finden sie schon welche, keine Zeit, tut mir leid». «Du Schalk, was hast du da angestellt» rief er zu

Alisa hinüber, die bereits ins Zimmer gehuscht war und leise das Lachen verdrücken musste.

Lacco Ameno

Lacco Ameno ist berühmt für seine Blütenpracht im Negombo-Park und den gelben Ginstersträuchern. Ein Bus wartete vor dem Hotel, der sie von Casamicciola nach Lacco Ameno brachte. Dort mussten sie umsteigen in den Bus nach Forio. Hier drin waren sie alsbald fröhlich mit der

einheimischen Landbevölkerung zusammenge-
presst, aber sie hatten einen Fensterplatz erwischt und konnten den Ausblick auf die umlie-
gende Gegend geniessen, aber sie mussten weiter.

Forio

Forio, der Ort mit den Poseidon Gärten,
dem botanischen Garten, La Mortella, ist einzig-
artig. Gegen Abend langten sie in dem lebhaften
Städtchen an. Sie kamen an diversen kleinen
Schmuckläden vorbei. Die Strassen waren auch
schon überfüllt mit Touristen. In Wogen und
Scharen spazierten sie auf und ab. Da gewahrten
sie in dem Rummel wieder diese Dame aus dem
Hotel vorhin. «Du die ist uns gefolgt, das kann
kein Zufall sein». «Die ist scharf auf deine Perlen!» «Da hast du uns aber eine heisse Suppe ein-
gebrockt, wie werden wir die nur wieder los?»
«Ach soll sie glauben was sie will!» «Hallo Meister Hazy, warten sie!» Sie waren entdeckt und da
stand sie schon bei ihnen: «Welche Freude sie
hier zu sehen! Haben sie schon ein Hotel für
heute Nacht? Ich könnte ihnen sehr behilflich
sein!» «Besten Dank, kein Bedarf» antwortete
Harald etwas grimmig. «Weg hier»!

Gässchen in Forio

Sie bogen schnell in ein Gässchen ein und betraten eine Trattoria. «Die haben wir abgehängt!» Sie verstauten ihr Gepäck unter einem Tisch ganz hinten in der Ecke, der ihnen zugewiesen wurde. Diesmal mussten sie es selber schleppen. Als sie den Kellner fragten, ob er noch ein freies Hotel wüsste, verneinte dieser, er wüsste aber noch ein Albergo in der Nähe. «Wir könnten doch auch nochmal zurück ins Cristallo!» «Zu teuer! und ich hatte nur für zwei Nächte gebucht. Da ist schon alles besetzt. Jetzt sind zudem all die aus Rom eingetroffen, hast es ja selber gesehen. Weisst du was es da kostet da oben? Über hundert schweinische Schweizerfranken».

Damals war das vielleicht teuer, aber heute im Jahr 2018 kostet es schon dreimal mehr. Die Hotels sind inzwischen noch viel luxuriöser geworden, als ob die Insel selber nicht genug an Schönheit zu bieten hätte. Er erklärte: «Manche Touristen schlafen über Nacht auf Bänken im Freien, um am nächsten Tag in die teuren Thermen im Poseidon Garten zu gehen. Dort baden sie gemütlich in den Pools mit Thermalwasser, stellen sich an einen Wöhrl-Sprudel, können sich auf Liegestühlen an der Sonne braten und den ganzen Tag die Nachtruhe nachholen. Die nächste Nacht sind sie wieder auf den öffentlichen Bänken in den Parks oder liegen am Meer unten. Das ist immer noch viel billiger als das Hotel. Aber wir, in unserem Fall und mit dem Gepäck sind sicherer in einem Albergo, gehen wir schon!» «Aber in den Poseidon Garten gehen wir dennoch morgen?»

Die Poseidon-Gärten

«Wir werden hingehen. Schon um elf waren sie in den Poseidon -Gärten und umwanderten die grossen Anlagen, es gab da so viele Becken und die Auswahl fiel ihnen nicht leicht! Als sie sich unter die Wörl-Pools stellten erklärte er ihr:

«Ich weiss da noch etwas Besseres, Termen, diese heissen Quellen gibt es überall an den

Steinen in den noch vulkanischen Buchten am Meer. Gratis und bequem. Wir werden sie finden auf unserer Weiterreise per Bus Richtung Panza».

Kino

Am Abend schlenderten sie wieder durch Forio. Von einer grossen Kinoleinwand im Freien hoch oben zwischen den Bäumen, konnten sie den Stumm-Film von dem amerikanischen Komiker Charly Chaplin mitansehen: «Goldrausch». Aber der Rausch währte nicht lange. Plötzlich ging über die Leinwand ein Flimmern, dann setzte das Bild auf einmal aus, kam wieder zum Vorschein und dann fiel das Licht gänzlich aus und alles war im Dunkeln. Jetzt sah man dafür einige Glimmstängel aufleuchten und Zündhölzer und anderes Feuerzeug funkelte durch die Nacht. Dann schrie jemand um Hilfe: «aita, aiuto». Ein Schwärmer pfiff durch die Luft, und noch einer und hinterliess Schwefelgeruch. Bei den umstehenden Zuschauern, unter denen sie sich auch befanden, gab es ein wenig Gedrängel. Harald fiel sein Hut vom Kopf und der Daneben-Stehende trat darauf herum, bis es Harald merkte.

Freiluftkino in Forio, ein Bild aus der Erinnerung.

Nach etwa einer Minute strahlte ein grosser heller Scheinwerfer über das Areal, aber die Leinwand blieb völlig weiss. Nochmals eine Minute verging, dann flimmerte der Film wieder über die Leinwand, aber mit einem anderen Film von Chaplin. Die Zuschauer und Zaungäste von überall waren reichlich und lachten laut bei jedem

Gag. Kein Stuhl war mehr frei. Einige kletterten auf die Bäume um besser zu sehen, andere auf Steinsockel und halfen sich gegenseitig beim Hinaufsteigen. Es leuchteten Girlanden mit farbigen Lichterketten und die Menschen waren in einer regelrechten Feststimmung. Musik erklang von da und dort aus Lautsprechern. Laut wurde diskutiert, getrunken und gerufen. Die Plätze auf den umliegenden Bänken waren inzwischen alle belegt und wurden nicht mehr freigegeben. Kinder schwirrten überall herum, noch nach zehn Uhr. Harald meinte: Solche hatte ich jeweils an die dreissig in der Klasse, als ich noch Lehrer war». Damals in der Nachkriegszeit waren die Klassen überfüllt mit Schülern. Wie das aber hier auf der Insel bestellt ist, das weiss niemand. Es gibt immer noch Analphabeten hier.

Manche Touristen machten es sich tatsächlich schon um 23 Uhr auf den Bänken bequem, um diese für die Nacht reserviert zu halten und gingen am nächsten Morgen in die Poseidons. Die Poseidon-Gärten sind die berühmtesten Thermalanlagen der Insel und die Preise für eine Tageskarte sind zwischen 30 – 33 Euro p.P. Die Hotels geben Gutscheine für ermässigten Eintritt.

Nach Mitternacht kehrten die Beiden in ihr kleines Albergo zurück. Auf ihren zwei Einer-Betten sassen sie noch eine Weile und plauderten über ihre Eindrücke: «Du ich hätte da noch etwas für dich» meinte ihr Freund. Er zog zwei goldene Ringe hervor, aus seinem Chile, in dem er auch immer das Plektrum aufbewahrte. «Probiere den mal, ob er dir an einen Finger passt. Wärest sicherer damit». Sie streckte die Hand aus: «Ja er passt». «Gut, keine Fragen, die sind noch von meinem vergangenen Weibsstück das mich sitzen liess. Aber davon ein andermal». Er steckte sich den anderen an den Finger. Damit legten sie sich zur Ruhe. Noch konnte sie nicht schlafen und drehte sich nochmals zu ihm hinüber: «Wo werden wir zum ersten Mal spielen?» «Überraschung, morgen geht's weiter, dorthin wo die Engel wohnen, oder der Ort heisst wenigstens so».

Am nächsten Tag fuhren sie schon früh mit dem Bus in Richtung Westen der Küste entlang. Aber zuerst kletterten sie noch ans Meer hinunter zu den heissen Quellen von Sorgeto.

Baia di Sorgeto, - 4te- Etappe

Via Panza

ging es weiter mit dem Bus über Land, und teils
an der Küste entlang. Die Strasse hatte damals
noch ziemlich viele Löcher, sog. Verwerfungen,
und war schmal und holprig. Dennoch gab es hie
und da Gegenverkehr. Es gab schon viele enge
Kurven über steilabfallenden Felsen als sie sich
der «Baia di Sorgeto» näherten. «Wir sind nicht
mehr weit von unserem Ziel, aber lass uns da aus-
steigen. Der Chauffeur nimmt unser Gepäck mit
bis an den Ort, wo wir heute Abend sein werden.
Unser Hotel ist schon informiert, die holen es bei
der letzten Station ab». Palmenartiges Schilfrohr
säumte den Weg, den sie betraten und er war mit
einem Geländer befestigt. Unter ihnen fielen die
hohen grauen Felsen steil ab, direkt ins Meer in
die Bucht, mit reinem hellem Türkis. Die Felswände waren mit Grasbüscheln und vereinzelten
wilden mediterranen Büschen und Blumen bewachsen. In der Bucht von Sorgeto gibt es die na-
türlichen Quellen und heissen Fumarolen die das
Meerwasser erwärmen.

Baia di Sorgeto

Mit ihnen war auch ein deutsches Ärzte-paar ausgestiegen mit dem sie sich bereits im Bus bekannt gemacht hatten. Zu viert wanderten sie dem schmalen Pfad entlang und bestiegen die einfache Treppe welche zur Bucht hinunter führte. Der Arzt und der Musiker gingen den bei-den Frauen voraus und unterhielten sich ange-regt. Die Frau des Arztes war eher etwas zurück-haltend und schwieg meistens, denn sie fand sich etwas zu vornehm ihr gegenüber. Sie war ziem-lich bieder gekleidet, Hosen und kurzes Hemd mit Kragen, alles etwas in Beige und Kaki-Farben. Ihr Gesicht war nicht gerade schön und bleich oben-drein. Das Haar war kurzgeschnitten und noch blond, aber sie war gewiss über vierzig.

Beim Abwärtsschreiten hielt sie sich kons-tant am Geländer fest und liess dieses keinen Augenblick los, bis sie es zuletzt dennoch tat: «Oh, pfui, wie das klebt, sehen sie sich mal meine Hände an!» rief sie erschrocken zu ihrer Begleite-rin. Dann fuhr sie mit ihren schmalen Händen überall über das Geländer und meinte angewi-dert: «Überall dieser Schmutz, diesen Staub hier!» Alisa machte ein langes Gesicht und sagte jetzt auch nichts: «Die fängt noch an abzustauben». Die Andere suchte nach Taschentüchern: «Wissen sie, den ganzen Tag stehe ich in München in einem sterilen Labor und komme kaum an die Luft. Aber hier komme ich an die Luft, habe die frische Brise vom Meer aber dafür den Schmutz. Schon komisch, wie, meinen sie nicht auch?» «Wie wahr, das könnte so sein» meinte Alisa. «Aber sehen sie mal da unten, das Wasser, das ist sauber». Die Andere sah sie nur komisch von der Seite an. «Sie sind aus der Schweiz? Auf der Hochzeitsreise?». Alisa biss sich auf die Lippen: «Besser». Die beiden Herren hatten etwas Vorsprung gewonnen und warteten auf die beiden Damen.

Vulkanisches Gewässer

Jetzt konnte man schon gut die schwarzen Steine mit den Badenden sehen. Zahlreich waren diese grossen Brocken, teils aus Lava, an der Bucht im Meer verstreut und wurden von heissem Wasser unterspült. Ihre kreisförmige Anordnung bildete ideale Badebecken zum hineinliegen. «Das möchte ich auch probieren!» rief Alisa begeistert.

Einige Leute, bereits in Badehosen, kletterten noch in ihren Schuhen über die heissen Steine, bis sie es endlich wagten diese auszuziehen. Der Arzt wies auf eine Tafel die im Sand steckte. In allen drei Sprachen konnte man in grossen Lettern lesen: ATTENZIONE AGQUA BOLLENTE- SI SCIVOLA! – WARNING BOILING HOT

WATER- YOU CAN SLIP! -ACHTUNG HEISSES WAS-
SER, -RUTSCHGEFAHR! Die meisten lagen bereits
in ihrer Naturwanne und plantschten mit Händen
wie die Kinder. Einer kochte gerade ein Ei darin,
und es roch nach Schwefel. «Das alles gratis und
franko» rief der Arzt. «Das ist noch besser als in
Baden-Baden». «Ja und ebenso wirkungsvoll wie
in den «Giardini Poseidon Terme»- in Forio».
meinte Harald. «Die geben sich alle Mühe dort,
aber die Natur hat bis jetzt noch keiner übertrof-
fen». «Zum Glück, aber die Kultur hat auch einiges erschaffen», philosophierte die Frau des Arztes. Dann wateten alle vier zu einer noch freien
Stelle im vulkanischen Gewässer. Es war phantas-
tisch, vom Meer her kam eine frische Brise und
unter ihnen war es heiss.

Die Laborantin balancierte immer noch
unsicher über die heissen Steine und ihr Mann,
der dies bemerkte, reichte ihr die Hand und um-
schloss mit festem Griff das Handgelenk seiner
Gattin. Diese schwankte immer noch über den
glitschigen Steinen, mal links, mal rechts und der
Arzt hatte seinen Arm mal unten mal oben mit
dem Handgelenk der Gattin, sodass er immer fes-
ter griff. Da gab es plötzlich einen kleinen Knacks,
und das feine Kettchen löste sich vom Armband

der Frau und fiel damit ins Wasser. Diese schrie auf: «Mein goldenes Armband, ich habe es verloren! Da unten liegt es, ich sehe es genau schimmern, da unter mir». Sie bückte sich danach und kam so auch endlich ins Wasser. Mit beiden Armen griff sie in die Tiefe und suchte, aber vergebens, denn da kam eine frische, kühle Welle vom Meer her zwischen die Steine, durchspülte diese kräftig, und sie sah nichts mehr von ihrem Schmuck.

«Ewig hier bleiben können wir nicht, kommt ihr auch, wir gehen!» rief der Zürcher rastlos. Schon war er aus dem Wasser, und schlüpfte in die Hosen ohne sich gross abzutrocknen. Alisa ergriff beide Instrumentenkoffer und folgte ihm so rasch sie konnte, sie wollte das Ärzte Paar lieber jetzt als nachher loswerden. Diese blieben denn auch noch zurück. Das Musikerpaar erklomm wieder die in Serpentinen gewundene Treppe am Felsen, und die steinernen Stufen führten sie empor, zurück auf den Panoramaweg, der nach St. Angelo führte. Die Luft war nirgends so rein wie hier und sie genossen die frische Brise die vom Meer her zu ihnen herüberwehte. Ein Bad hatten sie ja kaum in der heissen Bucht und sie schwitzten schon wieder.

Fussmarsch auf dem Höhenweg nach St. Angelo

Ausblick übers Meer

Auf dem Höhenweg sahen sie auch schon von weitem die pyramidenförmige kleine Insel im Meer die zu dem gesuchten Städtchen gehörte. Als die beiden wieder auf der Landstrasse oben waren, überlegten sie sich den bequemeren Weg. Noch einmal bestiegen sie den Bus bei der letzten Station vor St. Angelo, welcher aber vor dem Städtchen endgültig Halt machte. Kein Fahrzeug konnte da noch weiter. Die Gässchen waren zu eng und altertümlich, noch so wie im Mittelalter.

St. Angelo, 5te Etappe

St. Angelo ist eine kleine Ortschaft der Gemeinde Serrara Fontana und hat autofreie Zone. Es ist an einen Felsen geschmiegt, liegt in einer Hanglage und ein Haus nach dem anderen klebt daran. Aber jetzt kamen dafür die Lastesel zum Vorschein. Die sah man überall bepackt zu den Hotels hinauf- und hinabsteigen. Es gab einige Butiken zuunterst auf dem Marktplatz und auch noch darüber in den steil ansteigenden Gässchen.

Auf einer Sandbank führte ein ziemlich schmaler Weg zum Hotel hinüber, zu der kleinen Insel welche zwar abgetrennt vom Festland, aber damit doch noch verbunden ist. Dort stand eine kleine Häusergruppe aus etwa drei Elementen. Das vorderste hatte ein beschriftetes Vordach, und eine Pergola davor überdeckte die Gartenwirtschaft. Bäume gibt es kaum, denn die Insel ist ein einziger Fels, teils mit Gebüsch bewachsen und ringsum ist nur das blaue Meer.

Jetzt stieg die Spannung auf den Höhepunkt ihrer bisherigen Reise. Das Tempo ihrer Schritte erhöhte sich zunehmend und sie schalteten einen Gang höher. Dann schritten sie feierlich über den schmalen Verbindungsweg und standen keuchend vor ihrem Hotel. Dieses Hotel heisst heute im Jahr 2018, Hotel Melodie und es wurden einige Trakte mehr hinzugefügt und es wurde reich mit Pflanzen und Pools verschönert.

Ankunft in St. Angelo

An der Rezeption wurden sie sehr freundlich begrüsst und willkommen geheissen. «Bon giorno Signore Becker». Bald darauf kam der Hotelbesitzer Miguele Zunta zu ihnen und war sehr erfreut, den Mandolinist wieder zu sehen. Es war ein Jahr vergangen, seit er zum letzten Mal bei ihnen war. Dann wendete er sich zu der Begleiterin: «Ah hier die Signora con la Gitarra, che bella!», und er streckte auch ihr die Hand entgegen. Sein Händedruck war etwas schlaff und seine tiefen dunklen Augen hatten einen müden Ausdruck. Sein schwarzes Haar war seitwärts gescheitelt und leicht mit Pomade frisiert. Er hatte eine sehr hohe Stirne und sein Kopf war oben ganz leicht etwas schräg und schmaler. Seine Haut war gänzlich weiss und er hatte etwas von Adel an sich. Seine Statur war zwar nur mittelgross, aber er hatte eine vornehme Art in seiner Bewegung. Harald sagte ihr später, dass der Hotelier noch einen Bruder habe der oben auf dem gleichnamigen Berg Monte Zunta, eine Arztpraxis führe. Alisa war sehr beeindruckt von dem Empfang und lächelte immerzu. Der Hotelier gab sich alle Mühe die amtliche Verpflichtung so privat als möglich hinzustellen, denn sie musste auch den Pass vorlegen und darauf erhielten sie ihre Schlüssel. Aus der kleinen bescheidenen Hotelhalle, eher ein Salon, führte eine schmale Treppe hinauf zu den Zimmern die er für sie reserviert hatte. Nebenan stand aber noch ein anderes Gebäude mit weiteren Hotelzimmern, aber sie durften im Haupttrakt residieren. Vielleicht wollte der Hotelier diese Trennung von den anderen Touristen mit Absicht. Es könnte auch etwas mit ihrer Buchhaltung zu tun gehabt haben. Sie hatten freie Übernachtung, das heisst Logis auf Dauer. Ihr Zimmer war einfach aber sehr hübsch mit Doppelbett und sauber, zudem hatten sie Aussicht auf den Hafen. Alles Nötige war da, eigenes Badezimmer, Dusche, WC sauber, venezianisch eingefasste Spiegel und was will man mehr!

Allein im Hotelzimmer

«Hier werden wir einige Wochen bleiben meine Liebe, pack nur schon alle Sachen in die Schränke und wenn du willst nutze die Zeit zum üben, probiere mal die Dusche, ob Wasser kommt. Ich geh jetzt mal nach unten, ich muss da jemanden suchen». Als sie allein war setzte sie sich mit ihrer Gitarre auf die goldfarbene Damastdecke des Bettes und begann die Seiten zu stimmen, zu zupfen und leise zu schlagen. Zuerst spielte sie ihr beliebtes Lied: «Sei Parto di Zurigo» Dabei dachte sie an den zweiten Gitarristen aus dem Orangengarten: «Einfach grandios wie der das machte, der spielte oft gar nicht die Grundbässe und Akkorde der jeweiligen Partituren, nein, der schliff und griff wie ein Virtuose auf den obligaten Tonleitern herum um immer wieder in die richtigen Akkorde zu gelangen». Sie konnte zwar auch die Basswechsel und dann eben die Terzen dazu, auch die Sept, Quart, Dim., und vor allem die Sext die ja häufig in der italienischen Musik vorkommt. Mit Harald zusammen ging das wunderbar, er war sehr gutmütig, oft flüsterte er ihr den gesuchten Akkord zu, wenn sie ihn mal nicht fand. Aber sie musste immer den jeweiligen Akkord und Basswechsel einhalten, improvisieren lag nicht drin beim Duett Spiel, sonst hätte sie den Überblick verloren und wäre rausgefallen. Ihre Aufgabe war Begleiten. Dem anderen Gitarristen in Porto konnte das gar nicht passieren, der war sattelfest. «Ich glaub ich lass das lieber», dachte sie und begleitete sich auf ihre einfachere Art zu den Liedern, die sie leise summte. Ihre Stärke lag eher im Rhythmus.

Ausblick auf St. Angelo

Harald trat wieder ein: «Brav geübt? Komm, wir gehen etwas das Hotelareal besichtigen, siehst du das Boot da in der Bucht, da sind soeben Neue angekommen. Als sie draussen standen, sahen sie auf das Städtchen von St. Angelo hinüber wie es an den Berg gebaut war. Ihr Hotel war von einem länglichen Sandstreifen umgeben und es gab einige Stege mit kleinen Booten daran. «Hier vorne nebenan können wir ungestört üben, wir müssen dazu nicht immer im Zimmer bleiben» meinte er. Jetzt sahen sie ein ganzes Rudel von Touristen über den Verbindungsweg auf ihr Hotel zukommen. Zuvorderst schritt ihr Reiseleiter, der sich fleissig nach seinen Schäfchen umsah und ihnen immer wieder zuwinkte. «Die kommen mit Neckermann, alles Deutsche! Aber die sind ein dankbares Publikum, du wirst schon sehen». sagte er fröhlich zu ihr. Gegen Abend war das Hotel pummsvoll. Die Gäste füllten das Esszimmer und man hörte nur noch Deutsch. Alles sprach etwas Deutsch hier, das Personal, der Hotelier, seine Frau, sie war eine gebürtige Italienerin, einfach die ganze

Belegschaft. «Weisst du, mit Neckermann reist man eben billiger, noch billiger als wir», lachte Harald.

Dann, als sie ihren Tisch gefunden hatten kam der Wein und ihre lang ersehnte Pizza. Alle schmausten mit Vergnügen und heissem Appetit. «Morgen Abend werden wir zum ersten Mal auftreten zusammen. Aber heute können wir noch etwas Bekanntschaften pflegen. Lass dich aber nicht von den Herren einladen, das tat meine Begleiterin vom letzten Jahr und ich habe kurzum ohne ihr Wissen, das Hotel gewechselt, und liess sie die Rechnung selber bezahlen. Da drüben winkt mir eben eine Dame von letztem Jahr zu. Sie ist ganz nett, sieh dich nur um».

Die Dame aus Frankfurt

Nach dem Essen dislozierten sie in die Gartenwirtschaft hinaus und tranken Wein mit den Anderen. Bei einigen Gästen vom letzten Jahr wuchs schon die Spannung: «Wann werdet ihr spielen, morgen, um welche Zeit. Sie haben eine Begleitung mitgebracht, das Mädchen singt? ach wie nett!» sagten sie zu ihnen. «Ihr könnt ja dann auch mitsingen, wenn ihr etwas kennt». «Oh, wir wollen vor allem nur zuhören, liebster Herr Becker» raunten sie. Eine Touristin von letztem Jahr setzte sich zu ihnen und bestellte eine Runde. «Das ist Frau Merz aus Frankfurt, die Frau eines Rechtsanwaltes», stellte Harald die Dame vor. Diese hatte starke Tränensäcke und gerötete Augen. «Wie geht's denn so in Frankfurt, Frau Merz?» Diese: Ach Gott, mein Mann ist eben letzten Monat gestorben, aber er war ja sehr krank, wie sie ja schon wissen». «Kondoliere, herzliches Beileid, aber das Leben geht weiter. Jetzt wollen wir erst eins trinken, damit sie besser darüber hinwegkommen. Eins auf die frischgebackene Witwe!» Diese lachte etwas weinerlich und wischte sich eine Träne ab. «Bleiben sie immer bei uns, wenn sie möchten, nur nicht traurig sein». « Nein, nein ich will sie ja nicht stören, damit sie morgen besser spielen können». «Sehr lieb, dann wollen wir uns jetzt mal kurz verabschieden». «Komm Alise, wir gehen jetzt kurz auf die andere Seite zum Städtchen rüber».

Abendrundgang

St. Angelo stand nun voll beleuchtet und hob sich pittoresk von der dunklen, es umhüllenden Felswand ab. Darüber prangte der Monte Épomeo und etwas näher der noch stark mit Bäumen bewachsene Monte Zunta. Es war gerade ziemlich ruhig drüben, denn die Leute waren immer noch am Essen und man hörte das Klappern von Geschirr und hie und da Gläserklirren. Dies taten sie auch bis spät in die Nacht. So konnte das Paar alles besser besichtigen, um nicht dauernd von Leuten angehalten zu werden. Sie schlenderten an den stinkreichen Villen mit ihren nierenförmigen Pools vorbei und machten grosse Augen. «Die haben's, die haben ausgesorgt» «Ja meinst du, vielleicht!».

Da und dort wehte ihnen ein Duft von Haschisch entgegen. «Das ist noch nicht alles, die nehmen auch Kokain». «Bist du sicher?» «Ja, letztes Jahr war ich zu so einer Party eingeladen».

Auch in diesem Jahr 1972 gab es eine solche für sie, aber davon erzähle ich später. Auf einer Anhöhe setzten sie sich auf eine Bank mit Ausblick über das Meer und sie begann mit Fragen, die sie schon lange beschäftigten: «Verzeih mir ich möchte nicht indiskret sein, aber jetzt haben wir doch etwas Zeit füreinander. Wie war das denn mit deiner früheren Frau?» «Oh, ich hatte sogar zwei»! Sie blickte ihn verstohlen und neugierig an und bohrte weiter: «Und du bist von beiden geschieden?» Er atmete tief durch und begann von neuem: «Meine Letzte liess mich einfach im Stich und sie hat es sehr perfid angestellt.» «Wie denn?» Nach einer Pause stiess er hervor: «Sie liess sich schwängern und das war's dann wohl. Natürlich bin ich unschuldig geschieden worden, als sie dies verlangte.» Alisa bekam richtig Mitleid mit ihm und sagte nachdenklich: «Das war sicher sehr traurig für dich». Er lächelte und sagte: «Ja, aber da fing ich an zu reisen und ich kam zum ersten Mal hierher nach Ischia. Hier konnte ich mich erst einmal richtig erholen». Sie fragte weiter: «Und dann warst du frei, hast keine Kinder?» «Nein, besser nicht, hätte sowieso nicht genug Zeit gehabt. Ich war damals Lehrer in einer Primarklasse und hatte über 30 Schüler zu unterrichten. Dann richtete ich mir ein Musikstudio in Zürich ein und begann Gitarre zu unterrichten. Frühmorgens fuhr ich mit dem Velo in dieses Studio, schon vor fünf Uhr, um den Ofen anzuheizen. Dann ging es zurück zu meinen Schülern und am Abend fuhr ich wieder zu meinen neuen Musikschülern und machte dort weiter». «Krass», meinte sie. Er fuhr weiter: «Aber ich hatte noch nicht genug, ich begann am Lehrerseminar die Ausbildung für Sekundarlehrer und erreichte auch das Diplom. Ich wurde gewählt und dachte, dass dies meiner Frau Freude mache, aber oha, das war ihr zuviel. Sie begann zu streiten und heimlich war da ein Liebhaber im Hintergrund. Bald flog alles auf. Sie war schwanger und meinte ich sei selber schuld. Sie hatte genug von mir. «Sie hätte stolz auf dich sein sollen», meinte Alisa. Er schüttelte nur den Kopf: «Jetzt weisst du aber viel von mir!» Aber da war noch etwas, sie fragte unvermittelt: «Und die andere Frau, wie war das?» Jetzt hingen seine Mundwinkel langsam schief und er pustete: «Die war noch viel schlimmer, aber wie das eben so ist, sie war eine Schönheit und das Leben mit mir war ihr zu langweilig. Sie wollte Partys. Und ich wollte Bildung. Punktum, sie verliess mich schon im ersten Jahr, nach neun Monaten und reichte die Scheidung ein. Ich liess sie gehen». Alisa sah auf das weite Meer hinaus und sagte: «Ich möchte, dass dir das nie mehr passiert». Er sagte: «Komm, gehen wir was essen.»

Gitarristin vor Sant' Angelo

Üben bei der Baracke Am nächsten Morgen übten die Beiden schon früh im Freien hinter einer Baracke   seitlich   des   Hotels

Von zehn bis elf gingen sie schwimmen am nahe-
gelegenen Strand der sich allmählich mit Bade-
gästen und mit mitgebrachten Liegestühlen an-
füllte. Dies war seine Stunde um Aufzubrechen,
rastlos wie er war, kaum abgetrocknet suchte er
mit ihr den schnellsten Weg zum Hotel zurück.
Dort ging es wieder zur Baracke. Er machte ein
paar Fotos von ihr mit ihrer Gitarre, dann wurde
wieder geprobt.

St. Angelo Viel Unterhaltung

Geplauder beim Frühstück

Am 2.ten Tag nach ihrer Ankunft auf der kleinen Insel sassen sie mit der Witwe aus Frankfurt gemeinsam am Frühstückstisch. Ihre gebräunten Beine glänzten wie frisch rasiert. Frau Merz war sehr gesprächig: «Stellen sie sich mal vor was mir letzte Nacht passiert ist. Sehen sie den Herrn dort unten in der Ecke?» Es war ein grossgewachsener Italiener, gepflegt, bunt gekleidet und etwas gegen die sechzig. «Also, da klopfte jemand bei mir an die Tür als schon alles schlief. Ich ging zu dieser, und öffnete vorsichtig. Was glauben sie was ich da sehen musste? Da stand der einfach da in seiner Unter box vor mir im freien Gelände, hielt eine Blume in der Hand und lächelte verschmitzt. Ohne ein Wort zu sagen, einfach so, stand er da. «Herrgott gehen sie doch schlafen sie Casanova», sagte ich zu ihm. Aber er lächelte mich nur weiterhin verlegen an. Der verstand kein Wort Deutsch. Schon ein Ding, was? aber ich kann ja auch kaum Italienisch. Er stotterte etwas Unverständliches zusammen und machte mir grosse Augen. Als die Blume langsam den Kopf senkte ging er wieder, aber ich glaube

die Blume hatte einen Draht im Stil den er langsam unbemerkt abbog. Jedoch, wissen sie, der
ist noch gar nichts», fuhr sie fort, und das Paar
hörte ihr amüsiert zu. «Der Hotelier hat so einen
kleinen Jungen, den Giuseppe, den haben sie sicher schon gesehen, diesen Frechdachs. Der
kommt mir jeden Tag Muscheln verkaufen die
noch feucht sind und sagt ich soll sie zum Trock-
nen auf dem Balkonsims auslegen. Die holt er darauf wieder zurück indem er zu meinem kleinen
Balkon klettert, bringt sie wieder nass und verkauft sie mir aufs Neue. So ein Schlaumeier.
«Früh übt sich wer ein Meister werden will aber
der muss nicht mehr üben, der kann's ». «Neulich
kam er zu mir, hielt mir eine Muschel ans Ohr und
behauptete er hätte eine Dose in der er das Meer
rauschen hören könnte. Und er liess nicht locker:
«Ich möchte sie ihnen verkaufen, ich kann sie
auch drüben in den Butiken verkaufen». Und er
zog ein paar Hunderter Lire-Scheine, darunter
auch noch einen in 500 £ aus seiner Hosentasche
hervor und schwenkte sie stolz in der Luft herum.
Noch hatte der 5-Hunderter seine Gültigkeit,
aber im Jahr 1986 verlor dieser seinen Wert und
wurde eingezogen und vernichtet. Dies also lange

vor dem Wechsel in den €, welcher erst 1999 ein-
geführt wurde.

Nonna als Tanzmeisterin

Harald blieb nicht mehr lange am Tisch,
«Ich mach mal eine Runde, denn ich muss die
Nonna suchen. Auch Alisa ging bald danach in ihr
Zimmer. Er war noch nicht dort, nur das Programm für den Abend lag auf dem Tisch. Da stand
auch etwas von einer Tarantella darauf. Sie verliess das Zimmer und befand sich nun über einer
kleinen Terrasse die mit den anderen zwei Trak-
ten verbunden waren. Von vorne konnte man
diese nicht sehen, denn sie war zurückgesetzt. Sie
staunte sehr, da unten tat sich etwas. Der Lehrer
und die Nonna waren miteinander in regem Ges-
tikulieren. Zwei kleine Mädchen, Brigitta und So-
fia kamen hinzu und schwirrten um sie herum.
Dann begann die schwarze Signora mit Anwei-
sungen, zählte im 6/8tel Takt, begann zu tanzen
und die Mädchen taten es ihr gleich. Es waren
diese tiefen Verneigungen und Gesten der ty-
pisch neapolitanischen Tarantella. Sie taten das
ohne Musik und folgten nur dem rhythmischen
Händeklatschen und Zählen der Nonna. Dabei
machte die alte Dame ausholende, den Boden

berührende Schwingungen mit ihrem langen schwarzen Kleid.

Das Debüt

Als Harald zurück zu Alisa kam sagte er «Heute Abend geht's los. Heute kommt dein Tag. Aber vorerst sind es nur wir zwei. Ich habe gesehen wie du uns vorhin beobachtet hast. Die Tänzerinnen kommen erst übermorgen. Da wirst du etwas gefordert sein. Die achten dann nicht auf dich aber du, pass auf, du musst ihnen immer auf die Füsse sehen. Am Abend kam ihr erster Auftritt und es folgte der Nächste. Unter der Pergola, mit schwacher Beleuchtung, im baren Kies, setzten sie sich vor die Gäste. Sie bestritten ihr Programm zu Anfang mit Tessiner Liedern wie: «Aveva l'occhi Neri, Neri, Neri-

ERA UN BEL LUNEDI, *parti dal mio Paese, andante in citta, per guardiania le spesi, Vendendo sempre Fiori, delle rose gelsomini, tutta la notte il di, vendetta sempre fiori.*

Bionda Bella Bionda,- Folia di Fiori,- Bella Marie,- Ma Come Bali Bella Bimba,- È parto di Zurigo,- Vieni sul Mar», sie bekamen ihre erste Pause und es wurde ein Drink spendiert. Dabei konnte sich Alisa etwas vom Singen erholen und frischen Atem schöpfen.

Sie hatte kein Mikrofon, aber der Mandolinist spielte vor einem Solchen mit einem kleinen Verstärker, wobei er jeweils den Refrain mitsang. Die Pause war kurz und sie gingen zum 2ten Teil, dem italienischen Part über. Sie eröffneten mit: «Arrivederci Roma», schon summten einige Gäste mit.

Es folgten weitere berühmte Lieder: «Santa Lucia, - Azzurro, - Capri Fischer, -La Paloma, -Lettere a Pinocchio, - Fenestra che Lucive, - Pulcinella, -Luna Caprese, Addio mia Bella Napoli, - Fiesolana, - Tu sei Romantica und "Oi Vita".

SANTA LUCIA: Sul mare luccica l'astro d'argento. Placida è l'onda, prospero è il vento. Venite al l'agile, barchetta mia! Santa Lucia, Santa Lucia.

LA PALOMA: Es zieht mich hinaus, hinaus auf das weite Meer. Daheim bei der Mutter bleibe ich nimmer mehr. Sollte ich fern der Heimat den Tod einst finden, wird eine weisse Taube es dir verkünden. La Paloma ohe, Seemannsbraut ist die See, und nur ihr kann ich treu sein bei Sturmwind, wenn er sein Lied mir singt.

Dieses Lied sangen sie mit deutschem Text, weil das Original in Spanisch ist.

Das Duo in der Gartenwirtschaft

Schon brachten die Stammgäste Touristen aus den anderen Hotels herüber. Jetzt griff

Harald, das Zugpferd nach seinen Lumpenstückli wie den «Ambassadore, Bim-Birri- bim, (dieses hatte etwas Reizendes im Takt, nämlich 1+2+3 - 4+/1.2.3.4, letzte Betonung immer auf den 2ten Takt). etc. bei denen er aber besonders tremolierte. Es wurden noch extra Stühle in die Gartenwirtschaft gebracht wo sich der ganze Spass abspielte. Ihre Glanznummer war: Love in Portofino. Da klatschten die Gäste doppelt. Harald verneigte sich, dann bog er sich zum Mikrofon und begann zu scherzen:

«Danke für den Applaus, den hat sich mein Körper reichlich verdient. Sehen sie sich zum Beispiel meinen Bauch an, den muss ich täglich erziehen. Wenn er mal Wein will bekommt er Wasser, wenn er Wasser will, bekommt er Bier, ja und wenn er dann halt nochmals Bier will? Irgendwann muss man ihm doch auch seinen Willen lassen». Das gefiel den Deutschen die so gerne Bier trinken. Neue Zuhörer kamen hinzu. Viel Platz war allerdings nicht mehr da als es schon bald elf Uhr nachts war.

Tarantella

Am 3.ten Tag wurden die Stühle und die Tische zusammengerückt, denn da waren die Tänze angesagt. Die Mädchen, jetzt fünf, die zuvor von der Nonna einstudiert wurden, brachten ihre Tamburine mit. Aber sie waren furchtbar armselig gekleidet, farbenfroh, und bunt, gewiss, aber alles war einfach eher aus Lumpen zusammengestiefelt. Ob Absicht oder Not, wer weiss? Jedoch diese kleinen magern Quirle beherrschten dafür ihre Tänze, dass es ein Vergnügen war.

Der Musiker legte mit seinen Tarantellen los als die Mädchen ihre Tamburine schüttelten und A-lisa guckte aufmerksam auf die Füsse der Tänze-rinnen, wie es ihr Hazy zuvor empfohlen hatte, um nicht aus dem Takt zu fallen. Vor allem wenn die Mädchen mit ihren Armen tief am Boden aus-holten, gab es Taktverzögerungen. Dies erfor-derte einiges an Aufmerksamkeit für die beiden Spieler, denn sie mussten ja auch gegenseitig auf sich aufpassen.

Aber auch die Nonna war zugegen und passte auf. Ununterbrochen spähte sie auf die kleinen Tänzerinnen: Concetta, Brigida, Annunzia, Gabri-ella und Zita. Die alte Dame stand etwas abseits im Dunkeln. Stolz erfüllte ihre Augen, aber sie verharrte immer im Hintergrund. Ein einziges Mal kam sie kurz zu den Mädchen herbei und brachte ihnen noch eine zusätzliche Percussion. Dann verschwand sie wieder wie ein Geist. Da kann man wohl sagen, die Nonna hatte Takt.

Giuseppe in der Gartenwirtschaft

Garibaldi

Sehr zur Überraschung gab es eine Einlage dazu
vom Söhnchen des Hoteliers, dem Giuseppe. Er
war kaum 6 Jahre alt. Ganz allein baute er sich vor
dem Publikum auf und begann laut und energisch
zu singen: «Garibaldi, Garibaldi»! Dabei stampfte
er immer mit demselben Fuss den Takt. Er bekam

mächtig Applaus und einige Münzen in Centesimi wurden ihm zugeworfen.

Giuseppe Garibaldi war immer noch der beliebte Freiheitskämpfer der Italiener. Er hatte dereinst mit den Römern gegen die Franzosen und gegen die Bourbonenherrschaft von Sizilien gekämpft. Das haben die Inselbewohner bis heute nicht vergessen. Sie waren wie immer auf den Freihandel angewiesen und mussten sich seit je vor Gesetzesüberschreitungen fürchten.

Nach dem ersten Teil mit den Tänzen ging es wieder zu den italienischen Melodien zurück, die Tessiner Lieder wurden aber auch bereits wieder vom Publikum gewünscht. Das Programm hatte sich indessen so angereichert, dass es an den darauffolgenden Abenden kein Problem mehr war bis um elf Uhr nachts aufzuspielen. Allmählich nahmen sie aber auch spanische Musik und Songs in ihr Programm auf: Z.B. «Mañana por la mañana» Unterdessen scherzte und unterhielt sich Hazy immer wieder mit den Gästen und gab über sein Mikrofon gelungene Hinweise zu den Liedern: «Meine Partnerin hat eben gesungen: «Vendetta sempre Fiori», aber nur weil wir im Tessin keine Muscheln haben und das Meer so

weit weg ist». Er war also auch ein guter Unter-
halter. So bekamen einige angestammte Italiener
langsam Mut und trauten sich ans Mikrofon vor,
um auch ein Lied darzubieten. Und sie konnten
es, sie alle hatten mächtige Tenöre, mächtige und
goldene Kehlen, ausnahmslos jeder.

Pizza um Mitternacht

Wenn die Aufführung zu Ende war und die
Gäste der anderen Hotels langsam über die
schmale Landzunge zur grossen Insel zurück
schlenderten, gab es für die beiden Musiker noch
lange keine Ruhe. Diese wurden von Kindern re-
gelmässig in die anliegenden Pizzerien eingeladen, sogar regelrecht mitgeschleppt. Es gab kein
Ausweichen und es wurde nochmals Pizza gegessen-
sen, auch schon gegen Mitternacht. Das Musikerpaar hatte keine bezahlte Gage, aber freie Logis
mit Frühstück, und Harald nahm gerne solche
Einladungen entgegen, er achtete nämlich auch
etwas auf seinen Geldbeutel. So liessen sie bald
das Abendessen aus, und betraten hungrig ihren
Aufführungsplatz im Kies der Gartenwirtschaft,
denn am Schluss gabs ja immer die Pizza.

Die Pizzerien direkt am Meer, über und in den Felsen gebaut, waren sagenhaft romantisch. Mit einer geheimnisvollen bläulichen Beleuchtung vom Boden her, hoben sie sich wie ein Märchen vom nächtlichen Hintergrund ab. Amphoren waren am Eingang aufgestellt und darunter klatschte das Meer an dem Felsen mit seinen Muscheln, welche natürlich in der Pizzeria-Grotte überall zwischen Netzen die Wände zierten.

Der Maler in der Höhle

Unter den Gästen gab es ein Gerücht, dass hier auf ihrer Insel einige Höhlen vorkommen und in einer solchen ein Höhlenbewohner lebe.

In einer Pause kam wieder einmal Frau Merz zu ihnen. Auch sie sprach manchmal darüber. Sie trug immer wieder ein hübsches und enges Sommer-Abendkleid mit Blumenmuster, das ihre noch gute Figur zum Vorschein brachte. Ihre gebräunten Beine konnte man auch gut sehen und Strümpfe trug sie nie, aber kokette Schuhe mit leicht hohem Absatz. Ihr blondes Haar war gepflegt in Locken frisiert und als sie sich zu Harald setzte flötete sie mit ihren geschminkten

Lippen: «Sie sollten einmal mit mir kommen, ich möchte ihnen etwas zeigen. Haben sie morgen Vormittag Zeit?» Harald horchte auf: «Was gibt es denn? Sie wissen aber, wir haben nicht viel Zeit. Nur ihnen, liebe Frau Merz, kann ich doch keinen Wunsch ausschlagen», und diese konnte etwas ihren Kummer und die Trauer vergessen.

«Ich möchte sie einmal zu dem Maler führen, der da drüben in einer Höhle haust». «In einer richtigen Höhle? Ja gut wir kommen, morgen um halb elf». Zu dritt kletterten sie etwas seitwärts ihres Hotels zu einer kleinen Erderhebung, einem Hügel von etwa 2 Metern empor.

Dann standen sie vor der besagten Vertiefung im Felsen, welche von einem dürftigen, aber dicken Vorhang an einer Bambusstange, verdeckt war. Vorsichtig schob Frau Merz diesen etwas zur Seite und spähte hinein ins Innere, das ziemlich im Dunkeln lag: «Sind sie da, Herr Januar?». So hiess dieser Mann tatsächlich. «Herein, ertönte eine sanfte dunkle Männerstimme. Als sie eintraten sagte sie zu ihm: «Ich bringe ihnen heute wieder Besuch, das mögen sie doch so gerne, nicht wahr?» «Ja, sehr erfreut, wer sind sie denn?» Frau Merz stellte sie vor: «Es sind Gäste aus der Schweiz, die zwei Musiker, die unten im Hotel spielen». «Ja ich habe etwas gehört, aber dann bin ich leider wieder eingeschlafen».

Der Maler lag auf seiner Pritsche. Es standen Farbtöpfe mit Pinseln auf einem langen Tisch mit ein paar Krügen und Bechern, und leere Weinflaschen lagen am sandigen Boden. Sonst gab es da drin nicht viel anderes. Der Maler war über neunzig Jahre alt und hatte langes graues Haar, das ihm in Strähnen in die Stirne fiel. Aus seinen tiefen Augenhöhlen glitzerten ihnen seine blauen Augen entgegen, halb verdeckt von buschigen Brauen. Müde erhob er sich etwas von seinem Lager und setzte sich auf: «Wollt ihr meine Bilder sehen, da drüben stehen sie an der Wand». Die Wand war nur ein Stück Gewölbe im Felsen, schroffer Stein, und die Bilder waren dem Schmutz am Boden darunter ausgesetzt. Diese waren expressionistisch in wilden Farben und ohne erkennbares Motiv, sehr abstrakt. «Ich habe hier noch Zeichnungen», und er deutete unter sein Lager. Die zog er hervor, lauter Landschaftsbilder. «Sehr schön», raunten die Besucher. Harald fragte ihn, ob er auch Bilder von diesen Zeichnungen gemalt hätte. Der Maler deutete mit einer schwachen Bewegung nach hinten in das Innere der dunklen Höhle: «Da hinten habe ich viele solche Gemälde, in Öl, aber dafür interessieren sich die Besucher nicht mehr. Sie müssen selber hingehen, wenn sie die sehen möchten, ich bin zu müde und mag heute nicht aufstehen». Sie befolgten seine Einladung, und schlängelten sich sachte nach hinten ins Innere der Höhle. Die Luft war ziemlich muffig, aber sie störten sich nicht daran. Nur Harald meinte, dass das nicht sehr gesund wäre für den kranken Maler. «Da kann man nichts machen, aber er hat wenigstens einen Arzt, den Bruder vom Hotelier», fügte Frau Merz hinzu. Dann aber zogen sie neugierig ein Gemälde nach dem anderen hervor ans

Tageslicht, und staunten sehr. Sie waren alle überwältigt von der Pracht die sich ihnen auftat. Es waren lauter Motive vom Hafen mit den vielen Booten, Meer- und Küstenlandschaften mit den Farben der Sonne, die sich darin spiegelte oder eintauchte bei den Sonnenuntergängen. Es gab auch dunkle Szenen mit den Fischern auf dem nächtlichen Meer. «Das sollten sie mal unten im Hotel ausstellen», sagte Alisa. Aber der Maler wollte davon nichts mehr wissen, das hätte er früher auch schon getan, aber der Hotelier habe keine Zeit mehr für diesen Aufwand. «Kommen sie doch wieder einmal zu uns in die Gartenwirtschaft, wie letztes Jahr, Herr Januar», bat Frau Merz. «Ah, ich bin zu müde, mag kaum mehr sprechen und gehen schon gar nicht mehr». «Wir könnten sie stützen und hinunterbringen und sie kämen etwas an die frische Luft». «Ach bitte nicht», wehrte er ab, «ich möchte nur noch lange, lange schlafen». Er versuchte sich dennoch kurz von seinem Lager zu erheben, aber er sank zurück und musste sich wieder hinlegen. An sein dürftiges Bett war ein Gehstock angelehnt und er wies darauf hin: «Leider kann ich nicht mehr gut gehen ohne».

Ospedale

Nach einer Woche hiess es auf einmal, der Herr Januar sei ins Ospedale Anna Rizzoli eingewiesen worden, das Allgemeine Krankenhaus in Ischia in Lacco Ameno. Es war gut zu erreichen mit dem Bus, aber die Fahrt ging die halbe Küste entlang zurück über Forio.

Das Musikerpaar besuchte ihn dort noch in dem sehr ärmlichen Krankenhaus, wo er schon im Sterben lag. Im ganzen Spital roch es nach Lysoform. Er lag in einem Einzelzimmer auf einem Bett aus Metallstäben. Er war nicht mehr rasiert, aber sauber gewaschen. Es war etwas kühler hier drinnen als draussen im schönen Wetter. Die Wände waren völlig kahl, nicht mehr ganz weiss getüncht, da und dort blätterte der Putz von den Wänden, aber das Kruzifix fehlte nicht. Das sah schon sehr traurig aus, aber für die, vor dem Sterben, hat es vielleicht die bessere Wirkung. Abschied nehmen, für immer, von der schönen Insel, wurde so gewiss erleichtert. Er hatte die Augen geöffnet und blickte immerfort zur Decke. Sie konnten ihm noch die Hand reichen und er sah sie an, und Frau Merz, die mit ihnen gekommen war küsste ihn ganz sachte und sanft auf seine Stirne. Er drückte ihr mehrmals die Hand, wenn er auch kaum noch sprechen konnte, er erkannte sie noch und auch die beiden Musiker.

«Er hat es sich so gewünscht», meinte Frau Merz. »Er wollte auf der Insel sterben». Sein Leichnam wurde später in einem plombierten Sarg nach Deutschland überführt. Vermutlich auf Anforderung seiner reichen Familie in Deutschland. Es gab keine Beerdigung, keine Trauerfeier und seine Asche konnte auch nicht ins Meer gestreut werden. Aber wer weiss? Vielleicht ist einer seiner Verwandten nach Ischia gereist mit einem kleinen Tontöpfchen im Gepäck.

Ihre grosse Einladung

Eine hochgewachsene Dame mit Adlernase, pechschwarzem Haar, mit adligen Zügen in ihrem ganzen Aussehen, erwartete sie an der Rezeption. Sie war sehr vornehm und dezent in Anthrazit gekleidet: «Cara Signore», sie sprach gebrochen deutsch: Kommen sie heute Abend zu uns zum Apéro auf unsere Party, sie werden eine grosse Gage erhalten! Sicuro. Hier ist unsere Adresse. Es ist in einer der Villen dort oben». «Oh, sehr erfreut, Signora, wann sollen wir dort sein?» «Morgen Abend, nach dem Essen, etwa um halb neun, da sind die meisten schon da. Ihr Hotelier ist bereits informiert und einverstanden. Er wird einen Ruhetag einlegen».

Am nächsten Abend befanden sich die beiden in ihrer Villa hoch über dem Meer auf ihrer Terrasse. Es waren schon viele Gäste, alle in Gala versammelt und es wurde eifrig diskutiert und gestikuliert, durchwegs auf Italienisch. «Die sind heute alle aus Rom und Umgebung angekommen». Die Getränke wurden von Hausdienern serviert. Dann wurden sie höflich angesagt und aufgefordert. Die Gäste wendeten gleichsam ihre

Köpfe zu ihnen als ob einer an einer Marionetten-schnur gezogen hätte.

Der Mandolinist begann zuerst allein zu tremolie-ren und Alisa drehte an den Knöpfen der Gitarre herum um sie nochmals besser zu stimmen. Doch dazu hatte sie nicht lange Zeit, denn es stellte sich einer nach dem andern an, eine Arie zu singen: «Cuore n'grata,-Non ti scordare a me», und wei-tere, Petzi aus Leon Cavallo, auch solche die Ca-ruso einst sang. Es ging sehr hoch und laut zu und her bei all den Tenören und Alt-Sängerinnen.

Jetzt begann ein Sänger mit «Oi Vita»:

Stai lontane da suo cuore,

a te vuole quo pensiero

niente vuole – niente spero

qua pensieri sempre quo a te.

Oi vita, quei bella vita, oi cuore

A qui sto cuore . . .

Si stata a qui sto cuore,

io vuole sempre qui tener a te.

Alisa wusste bald nicht mehr in welcher Tonart sie schon wieder waren. Schnell schob sie den Kapodaster übers Griffbrett, wenn von A-dur plötzlich in As-dur bzw. F-Moll gewechselt wurde. Da konnte sie ja in G-Dur, wo sie sich gut auskannte mithalten, indem sie den Kapodaster in den ersten Bund setze. Aber schon wechselten sie wieder die Stimmlage. Also schnell weg mit dem Kapo.

Sie versuchte es zum ersten Mal Life mit Tonleiter-Sequenzen um überhaupt mal einen Ton zu treffen zu dieser gehobenen Musik. Der Mandolinist lispelte ihr manchmal das Tuning oder den Akkord zu, und schlug sich selber gut durch, sogar sehr schnell, aber sie hinkte immer hinterher. Wo sie einmal konnte, schlug sie die Rhythmen mit, dann versuchte sie es nur mit Bassläufen aber einmal gelangen ihr auch ein paar Arpeggio. Jetzt gab es eine kleine Pause und den Musikern wurden zwei Drinks gereicht. Die Gäste begannen viel miteinander zu reden und fanden noch Zeit, den beiden Musikern zu schmeicheln. Aber Alisa verstand nicht viel von ihrem Italienisch, nur so viel, es hatte ihnen gefallen. Es wurde langsam spät und als der Abend zu Ende ging hatte sie sich ein paar Nägel abgebrochen und war heilfroh, als sie wieder gehen konnten. Harald bekam sein Couvert mit der Gage das er dankend entgegennahm und in sein Chile stopfte. Er öffnete es aber kurz vorher und zog fünf 100'000 Scheine hervor. Nicht schlecht, das waren umgerechnet ca. 800 CHF. «Alles in Lire, die muss ich dann in der Bank von Mailand noch umwechseln bevor wir die Grenze passieren können, je nachdem wie gerade der Kurs steht».

Langsam machten sie sich auf den Rückweg. «Ach», seufzte sie, «da bin ich aber schön ins Schleudern gekommen». «Nein, nein, du hast das sehr gut gemacht, als sie beim Oi Vita die Tonart im Refrain wechselten, das war gut, nur noch die Bässe, in so einem Fall!» Sie monierte: «Dabei hätte ich doch das «Oi Vita» so gut aus unserem Programm gewusst, das wäre doch eigentlich leicht gewesen!» «Mach dir nichts draus».

Es war eine wunderbare und noch warme Nacht und die Sterne funkelten am nachtblauen Himmel über dem tiefschwarzen Meer, das die gleissenden Neonbeleuchtungen des Städtchens wiederspiegelte. Immer noch über der Anhöhe schlenderten sie langsam zu den Gässchen hinunter. Dort wurde die Umgebung wieder lebhafter. Sie wurden wieder aus ihren Träumen zurückgeholt, als sie sich alsbald von den vielen Touristen und Einheimischen umgeben fanden.

Die Schmuggler

Die Nächte waren kurz und kürzer und einmal so um vier Uhr morgens stand Alisa schlaflos am Fenster und guckte zur Bucht hinunter. Dabei machte sie eine seltsame Entdeckung. Vom offenen Meer her strömten mehrere kleine Boote in die Bucht zu den vielen Holzstegen am Ufer.

Da leuchteten aus einigen Fenstern der Stadt am Hügel immer wieder Lichter auf, verschwanden kurz und gaben erneut Zeichen welche von den Booten her alsbald erwidert wurden. Alisa wendete sich nach Harald um: «Schläfst du? Komm sieh dir das mal an». Er kam zu ihr ans Fenster.

Da sahen sie eine dunkle gebückte Gestalt und dann eine zweite vom Hotel her zu den Schiff-Stegen huschen. Auch vom Städtchen her kamen einige Gestalten eilig hinunter zu den Booten. Weiterhin wechselten die Leuchtimpulse von den Fenstern mit den Taschenlampen der Bootsleute. »Die geben sich Morsezeichen, das sind Schmugglerboote. Sie liefern sich seit Urgedenken so den Tabak und jetzt auch noch die Drogen» erklärte er ihr. Die zwei ersten dunklen Gestalten huschten wieder zu ihrem Hotel zurück.

Eine war vermummt wie ein Benediktiner-Mönch. «Jetzt verstehe ich, warum der Hotelier und die Nonna stets so unausgeschlafen wirken und solche schwarzen Augenringe haben» flüsterte Alisa.

«Die Nonna ist schon über achtzig aber jeden frühen Morgen, noch vor Tagesanbruch geht sie zum Strand runter und bringt die Abfallsäcke, das wusste ich, aber dass sie da auch noch mitmacht verwundert mich keineswegs. Sie ist wohl die Älteste in diesem Gewerbe. Von etwas müssen sie ja leben, diese arme Bevölkerung hier. Du sagst niemandem etwas über deine Entdeckung, klar?» «Ja, sicher, sonst wären wir ja Mitwisser. Gehen wir lieber noch etwas schlafen». Aber da ging im Morgennebel die Sonne auf und von ihrem Fenster aus konnten sie mitansehen wie sie sich langsam am Horizont aus dem Meer erhob und alsbald golden über das Wasser glitzerte. Da konnten sie denn doch nicht ins Bett zurück. Und schon duftete der Caffè durch die Gänge zu ihnen empor.

An diesem Tag gingen sie schon früher zum Strand runter um dort bis elf Uhr auszuschlafen. Von ihrem Hotel aus konnten sie direkt an den Sandstrand hinunterlaufen. Dort jedoch war die Verlockung des Meeres-Gottes Poseidon grösser als die Macht des Hypnos, dem griechischen Gottes des Schlafes und der Träume. Obschon es noch nicht so heiss war, schwirrten nämlich bereits zahlreiche Insekten herum und warteten auf ihre Opfer. Die beiden bemerkten das sehr bald und wichen ihnen aus ins salzige Nass und stürzten sich voll Wonne in die Wellen. «Hier hat man die Wahl, entweder von den Insekten gefressen zu werden oder von den Fischen».

Doch der Südwindwest brachte bald eine frische Brise vom Meer her und die Insekten verschwanden wieder

Lausiges Intermezzo

Noch gab es nicht viele Badende am Strand, und es war erst nur ein Sonnenschirm aufgespannt. Ein paar Liegestühle warteten noch auf die Badegäste.

An diesem Strand gibt es auch viele Fischer-
boote und Jachten, er liegt auf der Südseite der
Insel, ein anderer, etwas mehr besucht, liegt auf
der Nordseite des Verbindungssteges. Hier
reicht das Meer bis auf den Sandstrand und
überspült ihn bei Flut.

Bei diesem Morgenbad im Meer war sie
einmal allein zurückgeblieben, weil ihr Freund
noch länger im Wasser blieb. Da kam ein junger
Mann auf sie zu: «Verzeihen sie, meine Dame, ich
möchte sie etwas fragen. Wieso gehen sie immer
mit diesem alten Herrn, wo sie doch eine Menge
andere junge Männer haben könnten. Sind sie
seine Angestellte oder was und er lässt sie nie
frei?» Das Paar hatte ihre Ringe längst wieder
ausgezogen, somit blieb die andere peinliche
Frage weg.

Er rief: «Hören sie, ich könnte sie mit meinem Boot im Meer herumführen, zu den Cava
scura und anschliessend zu einer Rundfahrt einladen, was immer sie wollen. Dort oben in den
Villen habe ich ein Appartement. Ich lade sie ein,
kommen sie mit, sogleich?» «Niemals werde ich
das tun!» «Und wieso nicht?» «Dann wäre alles
aus zwischen ihm und mir, verstehen sie das?»

und sie winkte ihrem Partner im Meer draussen zu. Der kam dann auch sehr schnell zu ihr zurück noch bevor der andere weg war. «Na, wollte da jemand anbeissen?» und der andere verzog sich ohne ein Wort. Das heisst, er zog den Schwanz ein.

Auf dem Weg zur Cava scura

«Heute üben wir nicht, wir besuchen heute die Cava scura mit den Fangopackungen. Wir gehen gleich von da aus, aber nicht über den Seeweg mit dem offiziellen Boot, wir gehen zu Fuss über den Höhenweg, siehst du dort oben?»

Auf dem Höhenweg duftete es überall wunderbar von Rosmarin, Thymian und Eukalyptus. Der Weg war teilweise mit einem Geländer aus Seil befestigt, denn es gab Stellen die steil in die Schlucht abfielen und der Weg war da besonders schmal, der war nur noch ein Pfad. Das Seil hing an Eisenkolben welche im Felsen eingeschlagen waren. Es wurde schon langsam heiss, denn es ging gegen die Mittagszeit. Einige deutsche Wanderer gesellten sich zu ihnen die an ihrer mitgebrachten Wurst nagten. Sie hatten einen kleinen Rucksack und trugen Shorts, geschlossene Wanderschuhe mit Socken und farbige T-Shirts.

«Ihr seid doch die Musiker von da unten, vom Zunta?» «Ja die sind wir, und ihr, wo seid ihr denn her?» «Wir kommen aus Köln. Ach wir sind da unten in einem anderen Hotel einlogiert, mit Swimming-Pool, auf privater Basis, aber etwas teuer. Nun sparen wir eben». «Ihr spart das teure Boot zu den Caves?» «Nicht nur, wir kennen auch ein Gratis Thermalbad auf diesem Weg. «

Die Schweinebucht.

So wird sie allgemein von den Touristen genannt. Es ist nur so ein Tümpel, aber voll heissem Schwefelwasser und Fango. Jedermann kann da hineinliegen. «Kommt mit, wir zeigen es euch». Und richtig, ganz unauffällig und versteckt lag da auf ihrem Weg zwischen Gräsern und Büschen ein unscheinbarer kleiner Teich, oder eher ein Tümpel, etwas grösser als zwei Badewannen. Vom deutschen Grüppchen aus vier Personen bestehend, wälzte sich der mit dem grossen Bauch zuerst in dem grauen Schlamm. Er war nur noch in Unterhosen und bald darauf auch der Zweite, dann die anderen. «Wir wechseln nachher in die frischen Badehosen, da die Hose jetzt nach dem Bad stark mit Lehm verdreckt sein wird, wir können diese danach auch besser auswaschen». Es hatte jeweils nur einen Platz in der Naturwanne und als der erste herausstieg folgte ihm der zweite. Plötzlich begannen die Umstehenden zu lachen, als der wieder aus dem Tümpel hervorkam. Fragend schaute er in die Runde:

Der Fangotümpel

«Was ist los, wieso lacht ihr so komisch?» «Sieh dich doch mal an, wo hast du denn deine Hose?» Diese waren ihm heruntergerutscht und hingen ihm schwer, voll Schlamm behängt, irgendwo an den Knien unten. Sein Jüngling, aber völlig nackt, versuchte anschliessend noch mal den Fangoteich. Der hat es erfasst. Das Bad in der heissen Grube war aber keine sonderliche Erfrischung bei der Hitze.

Der Adlerhorst

«Kennt ihr schon den Adlerhorst?» «Ja, war dort im letzten Jahr, gehen wir zusammen». Bald nach ihrem Aufbruch hatten sie die hohen, schroffen kupferroten und braunen Felswände vor sich, durch die sie auf schmalem Pfad passieren mussten. «Das sieht ja gigantisch aus, wie in der Urzeit», staunten alle. Links von ihnen machte der Weg eine kleine Abweichung. Der andere war bereits mit Wegweisern versehen: » zu den TAVERNEN – CAVA SCURA» Sie wählten aber vorerst noch den kleineren abweichenden Pfad.

Ein paar Meter weiter vorne sahen sie eine mit Wellblech bedeckte Holzhütte direkt im Felsen gebaut, von magern Büschen umwachsen auf hohen Pfählen, wie von Pfahlbauern errichtet. Diese war am Eingang mit einer Holztafel und eingebrannten Lettern beschriftet: «ADLERHORST» Über eine offene Holztreppe, eher eine Leiter, mussten sie hinaufklettern um in die Wirtschaft zu gelangen. «Wann bekommen die mal endlich eine Treppe?» fragte schwitzend der Eine.

Harald breitet die Arme aus wie ein Adler
seine Flügel: ihm zu Ehren.

Endlich oben angekommen war ihre Überraschung dafür gross. Sie landeten auf einem grossen Podest aus geschliffenen Balken. Darauf gab es zwei lange Tische mit Klappstühlen. Weitere Holztafeln mit eingebrannten Buchstaben gaben ihnen das Angebot der Wirtschaft bekannt: Vino di Monte Zunta, frische Fische, Knoblauchbrot, Most.

Wir nehmen D-Mark. Das war es auch schon. Alles sehr günstig in D-Mark umgerechnet und in Lire. Die Italiener nahmen gern die D-Mark, denn sie hatten einen guten Wechselkurs damit. Ich erinnere mich, dass die Mark damals noch ca. CHF 1.65 kostete. Alisa war ganz begeistert von den heissen, langen Baguetten mit Knoblauch und Olivenöl. Ein Leckerbissen.

Eine andere Surprise für die zwei Musiker war es, als sie Frau Merz, die freundliche und intelligente Dame aus dem Hotel, bereits am Tisch sitzen sahen, und Harald konnte seine Freude nicht verbergen. Ihre Frisur war nach ihrer Kur in der Cava scura natürlich nicht mehr gepflegt, sondern unter einem Kopftuch versteckt. Aber das machte sie nur noch sympathischer. Und diesmal bestellte er den Wein für sie. Und Alisa lehnte sich ans Kreuz um nicht von den Flügeln des Adlers erfasst zu werden. Dies natürlich im übertragenen Sinn, denn Harald war ja kein Adler, er war eher der, welcher Flügel verleihen konnte. Der ganze Tisch wurde von seiner Fröhlichkeit angesteckt. Einer begann zu singen und bald stimmten alle mit ein in das alte Lied :

«Capri Fischer»:

Wenn bei Capri die rote Sonne im Meer versinkt, und vom Himmel die bleiche Sichel des Mondes blinkt, ziehn die Fischer mit ihren Booten aufs Meer hinaus, und sie legen in weiten Bogen die Netze aus. Nur die Sterne, sie zeigen ihnen am Firmament, ihren Weg mit den Bildern die jeder kennt. Und von Boot zu Boot das alte Lied erklingt, hör von fern, wie es singt: Bella, bella, bella Marie, bleib mir treu ich komm zurück morgen früh. Bella, bella, bella Marie, vergiss mich nie.

Frau Merz sagte zu ihnen: «Nur keine Eile, nur die Ruhe. Wartet noch ein wenig. In den Bädern herrscht ein Rummel, man findet dort kaum einen Platz, warten sie lieber noch etwas bis einige gegangen sind». «Genau! Übe die Ruhe, denn sie ist heilig, nur die Verrückten haben es eilig»! Gegen vier Uhr brachen sie dann auf zu den Bädern.

Sie nahmen wieder ihre Wanderung auf durch die Hohen Tuffsteinfelsen bis zu den Tavernen. Die urtümlichen gigantischen Felsen, welche ihren Weg in der Schlucht umschlossen waren eigentlich das Imposanteste von allem, was sie je gesehen hatten, denn Ischia ist vulkanischen Ursprungs. Das konnte man an diesen hohen, eigenartigen Felsen gut erkennen. Doch dann standen sie auf einmal da, wo sie hinwollten. Nach dem Eingang passierten sie zuerst die vielen alten, gebrechlichen Italiener die sich bereits auf den Liegestühlen ausruhten. Viele kranke Menschen suchten hier ihr Heil. Dass diese Thermen eine heilsame Wirkung haben ist seit der griechischen Besiedlung bekannt und wird in der heutigen Zeit immer wieder von den besten Ärzten bestätigt. Eine Besonderheit dieser heissen Quellen ist ihr Radon-Gehalt. Auch Krankenkassen bezahlen eine solche Kur.

Die Therme Cavascura

Die gepflegten Packungen im Fango gab es für sie dann doch noch. Als sie endlich in den Caves ankamen, war dafür wieder Platz frei für jeden von ihnen. Zuerst mussten sie duschen, dann wurde ihnen eine in dem Felsen vertiefte kleine, blaue Kabine in der dunkeln Höhle zugewiesen, welche von einem weissen Tuch verdeckt war. Sie legten sich hinunter auf die uralte

Steinbank, welche die Form einer Wanne hatte. Wärterinnen kamen zu ihnen herein und beschmierten mit einem breiten Pinsel ihre nackten Körper mit der grauen Masse. Die Sitzung dauerte etwa acht Minuten. Danach durften sie wieder duschen, vermutlich mit Thermalwasser. Auch für sie standen noch die Liegestühle bereit zum Ausruhen, aber sie hatten nicht mehr lange Zeit. Die Bäder wurden bald geschlossen nach sechs Uhr. Jedoch kamen sie noch in den Genuss einer Massage mit dem speziellen, und überaus gutduftenden Pflege Öl der Institution. Dann brachen sie auf, nur diesmal wollten sie es bequemer haben.

Für den Rückweg gingen sie an die Bucht zum Meer hinunter wo stündlich ein Boot wartete das die Touristen zurück in ihren Ort brachte. Dies war auch eine hübsche und aussichtsreiche Fahrt der Küste entlang. Zuerst machte das Boot eine ausladende Fahrt ins Meer hinaus. In weitem Bogen schwenkte es allmählich St. Angelo zu.

Im Westen, den sie jetzt vor Augen hatten, verabschiedete sich allmählich der rote glühende Ball der Sonne und versank am Horizont.

Rückfahrt mit dem Boot

Die Cava scura die sie später noch ein paar -mal besuchten ist bis heute im Jahr 2018 immer noch in etwa gleich, nur die Preise sind gestiegen. Nicht viel wurde verändert, wie bei all den anderen beschriebenen Orten, welche zur Anschauung heute jedermann im Internet zur Verfügung stehen. Alles ist ausgebaut, verbessert wo es noch ging, alles kostet Eintritt, alles ist anders.

Jahre später gab es einmal international die Meldung, dass am Maronti Strand ein Stück Fels in die Bucht gestürzt sei. Es war ein Fressen für die Boulevard-Zeitungen, aber ein grosses Wehklagen für die Inselbewohner.

Der letzte Abend, Tschau, tschau Bambina

Vor ihrem Abschied im Hotel gab es etwas ganz Besonderes, das Abschiedshoneur. Der Hotelier schenkte Alisa eine wunderschöne Halskette aus 18 Karat Gold. Unten waren die Glieder der Kette mit einem kleinen Emblem versehen auf dem ihre beiden Vornamen eingraviert waren. «Harald & Alisa».

Noch einmal wurde viel gesungen und sie stimmten ein:

«Quando, quando:

"Dimmi quando tu verrai, dimmi quando, quando, quando, l'anno, il giorno e l'ora in cui, forse tu mi bacerai. Se vuoi dirmi di si,

devi dirlo per ti, non ha senso per me, la

mia vita senza te".

Aber am letzten Abend gab es noch die grössere Überraschung. Am Ende ihres Spiels wurde Alisa plötzlich von den Kindern des Hotels umzingelt, zwei junge Kellner kamen noch dazu und dann wurde sie in die Höhe gehoben und im Fischgrat von der Bühne weggetragen. Sie strebten dem Eingang des Hotels zu, als auch Harald ihnen folgtc.

(Bild aus Erinnerung)

 Es ging so weiter durch das Entrée und die schmale Treppe hinauf in den 1ten Stock, bis in

ihr Zimmer. Dort wurden sie beide zusammen aufs breite, blumengeschmückte Bett geworfen, als eben auch Harald dabeistand. Zwei junge bärenstarke Italiener hatten auch mühelos den Musiker, er wog immerhin 88 Kg, emporgehoben und er landete wie auf einem Trampolin. Dies war also italienische Gastfreundschaft, dies war ihr landesübliches Brauchtum, dies war Italianita. Einfach überwältigend und unvergesslich.

Riccordi a Napoli, Riccordi a Ischia.

Aber im folgenden Jahr waren sie wieder unten bei Miguele Zunta.

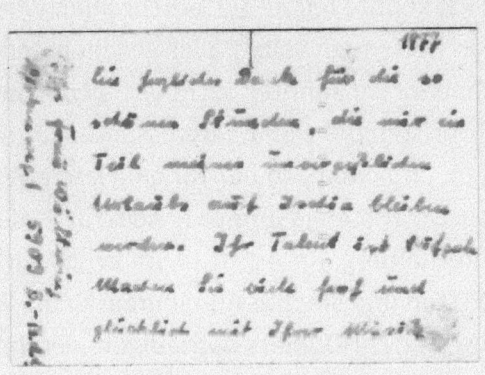

Eine Danksagung ein paar Jahre später

Nachwort

Auf dieser Insel gibt es so viel Schönes zu sehen, aber ich konnte leider nur beschreiben was die beiden Reisenden selber alles gesehen und erlebt haben. Sie konnten nicht wie all die anderen Touristen die vielen interessanten Orte aufsuchen, und wenn, so nur für eine kurze Weile, denn sie mussten ja immer fit sein für ihre Musikunterhaltung, für Auftritte vor anspruchsvollen Gästen und sie mussten immerhin die Anforderungen des Hoteliers befriedigen, der ihnen freies Logis gab, und sie mussten auch viel üben. Dies will nicht heissen, dass sie ausgenützt worden wären, ihre Abmachung war freier Art und in diesem Sinne sollte es genauso ein Ferienaufenthalt bleiben. So etwas war noch möglich im Jahr 1972. Später, als die Manager und Impresarios mitmischten, war das allerdings vorbei.

Anhang:

Arrivederci Roma

T'in-vidio turista che arrivi,

t'inbevi de Forie de scavi,

poi tutto d'un colpo te trovi,

Fontana de Trevi ch'e tutta per te!

Ce sta'na leggenda romana,

la gatta a 'sta vecchia fontana,

per cui se ce butti' un soldino Costringi er

destinò a fatte torna.

E mentre soldo baciare,

fontana ne la tua canzone 'in fondò

è que'es ta qua!

Arrivederci, Roma,

Good bye, adios au'revoir.

Si ritrova 'a pranzo 'a Squarciarelli,

fettuccine e vino dei castelli,

come ai tempi belli che Pinelli' in morta lo.

Dies ist die 2te Auflage von dem Buch:

Der Musiker und seine Begleitung.

Es sind viele neue Zeichnungen, mehr Text, und ein paar Liedertexte hinzugekommen.

Canzone "Lyrik" in Italienisch und Deutsch:

- Era un bel Lunedi,
- Santa Lucia,
- La Paloma (Deutsch),
- Capri Fischer (Deutsch),
- Oi Vita,
- Quando, quando
- Arrivederci Roma

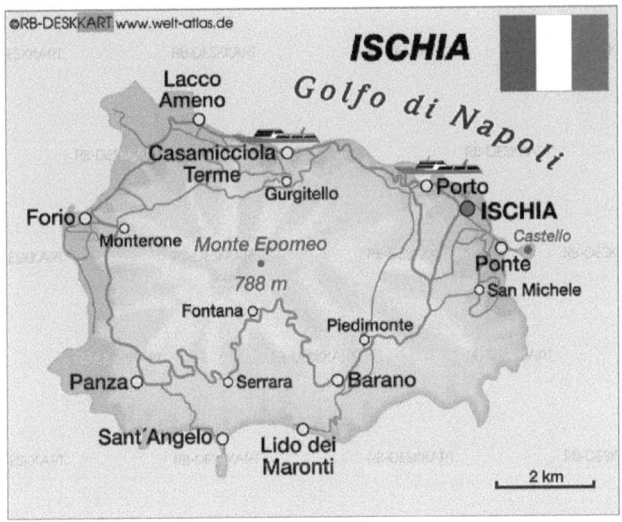

Schriftsatz: Buchblock: Calibri, -Canzone: Segoe

Das Programm wurde in Word geschrieben, die
Tusch- Zeichnungen mit Hewlett-Packard gescannt.